"IN EXTENSO"

PRIX NET **45** CENTIMES

Les Ames en Peine

ROMAN

PAR

Bjornstjerne Björnson

PARIS

LA RENAISSANCE DU LIVRE

JEAN GILLEQUIN et Cie, Éditeurs

78, Boulevard Saint-Michel — PARIS

$8° Y^2$

$58555 (7)$

BJORNSTJERNE BJÖRNSON

Bjornstjerne Björnson restera l'un des plus grands noms de la littérature scandinave.

Vieillard de soixante-dix-sept ans, miné par l'artério-sclérose, il vint chercher à Paris le suprême secours de la science française. Il y mourut dans une maison de santé le 26 avril dernier.

Il est né le 8 décembre 1832 à Kvikné, dans la montagne norvégienne, d'un pasteur qui fut une sorte d'apôtre. Sa jeunesse, jusqu'à dix-sept ans, se passa à Romsdal ; puis il s'en alla étudier à Christiania où, tout de suite, il se lia avec Vinge, Ibsen, Lie, génération d'hommes qui allaient transformer l'esprit de la Norvège. Il est d'abord panscandinaviste avec Gründtwig, puis libéral avec Wergheland et Kjerkegaard, philosophes qui formèrent sa pensée. Il faut si-

BRUNELLESCHI

gnaler aussi, comme ayant eu une influence décisive sur sa vie morale, un séjour en Italie après 1860 et un séjour en France (1880 à 1885).

Toute sa vie fut de lutte, de polémique, lutte politique, lutte philosophique, lutte littéraire. La liste de ses principaux ouvrages témoigne assez de son extraordinaire activité : *Synneuve Solbakken* ; *Entre les batailles* ; *Hulda la Boiteuse* ; *Les Ames en Peine* ; *Smaastykker* (petits poèmes) ; *Sigurd Slembe* ; *Roi Sverre* ; *Marie Stuart* ; *Poèmes et Légendes* ; *la Marche Nuptiale* ; *la Fille de la Pêcheuse* ; *les Dra-*

peaux flottent dans la ville ; *Une Faillite* ; *le Rédacteur* ; *le Nouveau Système* ; *un Gant* ; *Léonarda* ; *Au delà des Forces* ; et parmi ses brochures politiques : *la Lutte constitutionnelle en Norvège* ; *la Crainte du grand nombre* ; *la Souveraineté du Peuple*.

Bjornstjerne Björnson fut également directeur de théâtre. Notons qu'au moment de la guerre de 1870 il ouvrit dans les trois pays scandinaves une souscription pour nos blessés. Le gouvernement français lui conféra la Légion d'honneur.

Célèbre chez nous comme dramaturge, il était surtout, pour la Norvège, son grand poète ; sa patrie lui fit des fêtes magnifiques en 1903, à l'occasion de son soixante-dixième anniversaire. Nationaliste et l'un des principaux artisans de la séparation, il voulut que celle-ci s'accomplît dans la paix. La Suède d'ailleurs ne lui garda pas rancune, et Björnson reçut à Stockholm même le prix Nobel qui lui avait été attribué.

Partisan convaincu, autrefois, de l'hégémonie germano-saxonne, depuis ses visites en Italie et à Paris, il s'était laissé conquérir par le génie latin, et il était devenu l'un des plus sincères admirateurs de notre pays.

Ajoutons à cette notice que *Les Ames en Peine*, le roman qu'on va lire, est l'un des chefs-d'œuvre du célèbre auteur, et qu'il paraît ici, dans notre collection, pour la première fois en français.

BJORNSTJERNE BJÖRNSON

LES AMES
EN PEINE

ROMAN

TRADUIT POUR LA PREMIÈRE FOIS EN FRANÇAIS

PAR

SÉBASTIEN VOIROL

PARIS

LA RENAISSANCE DU LIVRE

JEAN GILLEQUIN ET Cie, ÉDITEURS

78, BOULEVARD ST-MICHEL, 78

—

" IN EXTENSO "

Sous ce titre, " *LA RENAISSANCE DU LIVRE* " PUBLIE, CHAQUE MOIS, **IN EXTENSO** UN GRAND ROMAN, — LE ROMAN DE 3 FR. 50 POUR 45 CENTIMES ! — TOUJOURS SIGNÉ DE L'UN DES MEILLEURS ÉCRIVAINS MODERNES. MALGRÉ CE PRIX INVRAISEMBLABLE DE BON MARCHÉ, LES VOLUMES VENDUS CHEZ TOUS LES LIBRAIRES SONT, A TOUS POINTS DE VUE (CHOIX DES OUVRAGES, PAPIER ET IMPRESSION), DIGNES DE " *LA RENAISSANCE DU LIVRE* "

Prix : **45** Centimes

Paru le 15 Novembre. *La Discorde,* par ABEL HERMANT.

— le 15 Décembre. *Le Silence,* par ÉDOUARD ROD.

— le 15 Janvier . . *L'Autre Femme,* par J.-H. ROSNY, de l'Académie Goncourt.

— le 15 Mars . . . *Élisabeth Couronneau,* par LÉON HENNIQUE, de l'Académie Goncourt.

— le 15 Avril . . . *Les Cœurs Nouveaux,* par PAUL ADAM.

— le 15 Mai . . . . *L'Amour Meurtrier,* par MATILDE SERAO.

— le 15 Juin . . . . *Les Ames en peine,* par BJORNSTJERNE BJÖRNSON.

A PARAITRE

La Fin des Bourgeois, par CAMILLE LEMONNIER.

Amis, par EDMOND HARAUCOURT.

La Teigne, par LUCIEN DESCAVES.

La Payse, par CHARLES LE GOFFIC.

Défroqué, par ERNEST DAUDET.

En Exil, par GEORGES RODENBACH.

et *Romans* de JULES CLARETIE, JEAN RICHEPIN, GUSTAVE GEFFROY, SIENKIEWICZ, BLASCO IBANEZ, SELMA LAGERLOFF, etc., etc.

LES AMES EN PEINE

C'était tout en haut, près des bords du plateau dominant le torrent au fond du défilé, dans la métairie du Kampen, qu'Arne vint au monde.

Sa mère s'appelait Margit et était l'enfant unique de la métairie. Lorsqu'elle allait sur sa dix-neuvième année, il arriva un jour qu'elle demeura plus longtemps que les siens dans une fête où les villageois s'étaient réunis pour la danse. Elle était assise dans un coin ; ceux qui l'accompagnaient l'avaient laissée là, et Margit se disait que le chemin du retour ne lui paraîtrait pas moins long, qu'elle attendît encore la fin d'une autre danse ou non.

Voilà donc comment il se fit que la jeune Margit resta là jusqu'à voir tout à coup le joueur de violon, Nils — Le Tailleur on l'appelait, — quitter son instrument comme il avait coutume de le faire quand la boisson commençait à le travailler. Laissant aux autres le soin de continuer la musique, il prit la plus jolie fille par la taille et s'élança au milieu des danseurs, posant les pieds avec autant de sûreté que la mesure martelant le refrain d'une chanson, et faisant sauter du talon de sa botte le chapeau du plus grand des gars.

— Hop! voilà! dit-il alors, au plus fort de la danse.

Quand Margit retourna chez elle ce soir-là, il lui sembla que la lune jouait sur le tapis de neige avec un éclat merveilleusement beau, un éclat qu'elle n'avait jamais remarqué. Parvenue en haut de l'escalier extérieur, devant la mansarde où elle reposait la nuit, elle ne put s'empêcher de regarder encore une fois le paysage. Elle enleva son corsage, puis, le gardant à la main, elle demeura un instant immobile.

Mais elle sentit bien vite que l'air froid la pénétrait, et alors elle s'enferma rapidement, se dévêtit et alla s'enfoncer aussi profondément qu'elle le put sous la vaste couverture taillée dans des peaux à la fourrure épaisse et chaude.

Cette nuit-là Margit eut un rêve singulier. Elle crut voir une grande vache rousse qui était venue paître en plein milieu du champ cultivé. Il lui fallait à tout prix la chasser de là, mais elle avait beau tenter avec persistance les plus grands efforts, elle ne réussissait pas à faire le moindre pas en avant. La vache continuait tranquillement de brouter jusqu'à être rassasiée et toute ronde, et de temps à autre la bête regardait dans sa direction de ses grands yeux luisants et lourds.

Dès qu'il y eut une nouvelle réunion dans la contrée, Margit y vint encore. Elle se souciait cependant peu de prendre part à la danse ce soir-là. Elle restait assise, écoutant avidement la musique, et trouvait bien étrange après tout que les autres ne préférassent pas comme elle cette quiétude. Mais, quand l'heure se fut avancée, le joueur de violon se dressa ; c'était le moment pour lui de montrer son talent de danseur. Et tout de suite il s'en fut sans hésiter vers Margit Kampen.

Elle sut à peine comment cela s'était passé ; mais la voilà elle-même dans la danse aux côtés de Nils Le Tailleur !

Peu de temps après ce jour-là, la belle saison revint ; il faisait presque chaud déjà et l'on ne dansait plus.

Cependant une douce tendresse avait gagné le cœur de Margit. Elle prit tant de soin d'un petit agneau qui était tombé malade dans la métairie, que la mère jugea pareille sollicitude presque exagérée.

— Ce n'est qu'un agneau tout de même, dit la mère.

— C'est vrai, répondit Margit, mais puisque tu vois bien qu'il est malade!

Il y avait longtemps maintenant qu'elle avait mis pour la dernière fois les pieds à l'église; d'habitude elle aimait mieux ne pas en priver sa mère, et il fallait bien que quelqu'un gardât la maison, disait-elle.

Un dimanche, vers le milieu de l'été, le temps paraissait si magnifique qu'il n'y avait aucun danger de laisser le foin dehors vingt-quatre heures de plus; et la mère déclara qu'elles pouvaient aisément hasarder d'aller à l'église toutes les deux.

Margit n'avait vraiment pas grand'chose à répondre à cela; elle s'apprêta et revêtit ses vêtements du dimanche.

En chemin, à partir d'un certain endroit, on pouvait entendre les cloches de l'église sonner; dès qu'elle distingua leurs voix solennelles, Margit fondit en larmes.

A la vue de cette détresse sentimentale, la mère devint pâle comme une morte.

Mais elles poursuivirent leur route en silence, la mère en avant, la fille derrière; elles écoutèrent le sermon du pasteur, chantèrent les cantiques jusqu'au dernier, assistèrent à la prière clôturant le service, et attendirent encore que les cloches se fussent tues avant de partir.

Rentrées à la maison, elles allaient et venaient dans la pièce commune; soudain la mère prit Margit dans ses bras en lui disant doucement : « Il ne faut pas que tu aies rien de caché pour moi, ma petite enfant! »

De nouveau l'hiver arriva. Margit pourtant ne prenait plus part aux danses.

Mais Nils Le Tailleur continuait à jouer, lui, comme avant; il buvait plus que jamais, et ne manquait pas pour finir d'entraîner à la danse la plus jolie fille du bal. Cette année-là on racontait volontiers, comme une chose dont personne ne saurait douter, que le joueur de violon pouvait choisir, entre toutes les filles les plus gentilles des fermes de la contrée, celle qu'il voulait

pour femme, sans craindre un refus. Il y en avait même qui ajoutaient qu'Éli Boën lui avait en personne proposé la main de sa fille Birgit. Celle-ci, assurément, se mourait d'amour pour lui.

Ce fut à peu près à cette époque que l'on tint sur les fonts baptismaux l'enfant mis au monde par la jeune fille de la métairie du Kampen. On lui donna le nom d'Arne. Quant à la paternité, on l'attribua communément à Nils Le Tailleur.

Dans la soirée de ce même jour de baptême, Nils était parmi les invités à une noce fastueuse où il s'enivra tant et plus. Il se refusait catégoriquement à faire de la musique pour les autres, et ne cessait pas de danser. Ce fut à peine s'il toléra que d'autres voulussent tenir le plancher en même temps que lui.

Mais quand il s'en fut vers Birgit Boën pour l'inviter à une danse, celle-ci n'accepta pas. On le vit alors sourire narquoisement, tourner court sur ses talons et prendre par la taille la première venue se trouvant à proximité. Celle-là aussi fit quelques façons. Il abaissa le regard sur elle; c'était une toute petite, noiraude, qui était demeurée longtemps à l'observer de son coin, et maintenant elle était devenue très pâle. Il se pencha légèrement vers elle et lui murmura à l'oreille :

— Est-ce que tu ne danserais pas avec moi, Karen ?

Elle ne répondit pas d'abord, et il lui répéta sa demande.

Alors elle lui répliqua de la même voix presque imperceptible :

— Cette danse-là pourrait me mener plus loin que je ne le voudrais.

Il fit quelques pas lents en arrière, puis, arrivé au centre de la salle, esquissa quelques gambades et commença tout seul à danser la danse du Halling. A l'instant même il n'y eut plus personne qui continuât à tourner en rond; tous se groupèrent en cercle autour de lui et le regardèrent, émerveillés et silencieux.

Lorsqu'il eut fini, Nils Le Tailleur s'en

alla dans la grange et, s'étant couché tout de son long par terre, il pleura.

Margit restait maintenant à la maison auprès de son petit garçon. Elle entendait parfois parler de Nils ; on lui racontait comment il allait toujours de danse en danse... Elle regardait l'enfant et pleurait de chaudes larmes ; elle le regardait à nouveau et redevenait heureuse.

La première chose qu'elle enseigna au petit, ce fut à dire *papa*, mais elle dut s'y prendre en cachette, n'osant pas le faire en présence de la mère, de la grand'mère, comme on disait maintenant. Il en résulta que ce fut la grand'mère que l'enfant appela *papa* tout d'abord. Margit eut beaucoup de peine à l'en déshabituer. Tout cela contribua d'ailleurs à éveiller de bonne heure sa petite intelligence.

Il n'était pas bien grand encore lorsqu'il sut que Nils Le Tailleur était son père. Et il parvint vite à l'âge où tout ce qui est étrange et aventureux attire l'imagination ; aussi ne tarda-t-il pas à apprendre de quelle espèce d'hommes Nils Le Tailleur était.

La grand'mère avait très sévèrement défendu qu'on en parlât et même qu'on prononçât son nom. Toutefois sa principale préoccupation était de voir sa métairie de Kampen libérée et agrandie en une vraie ferme, afin que sa fille et son petit-fils pussent s'y sentir sans inquiétude pour l'avenir. La pauvreté du propriétaire favorisa ses projets et elle réussit à acquérir la métairie dans de très bonnes conditions. Elle paya une partie du prix d'achat tous les ans et surveilla tous les travaux aussi bien qu'un homme eût pu le faire. Et cela n'était guère étonnant, puisqu'elle était veuve depuis quatorze ans. Kampen devint une belle ferme et son importance s'accrut. Bientôt elle suffisait à entretenir quatre vaches, seize moutons, et l'on avait sa demi-part dans un cheval.

Nils Le Tailleur, pendant ce temps, continuait à parcourir la contrée ; ses bénéfices, toutefois, n'étaient plus les mêmes que jadis. La cause était sans doute en premier lieu qu'il n'avait plus goût au travail et qu'il soignait mal ses affaires ; il y avait aussi ceci : qu'on l'affectionnait moins qu'auparavant. Il s'adonna donc de plus en plus à son rôle de joueur de violon, rôle qui entraînait de plus fréquentes beuveries, mais aussi des querelles et des batailles, auxquelles succédaient les mauvais jours sans fin. Il y en avait plus d'un, disait-on, qui l'avait entendu se plaindre de son sort.

Arne avait atteint sa septième année environ. Un jour, il était grimpé sur le lit et y avait établi son domaine pour jouer. Il avait dressé la couverture comme une voile et il tenait à la main une louche en guise de gouvernail. La grand'mère était assise non loin du lit ; elle était occupée à filer le lin. Bien des pensées allaient et venaient dans sa tête qui branlait de temps à autre comme pour mieux fixer l'essentiel de ce qu'elle pouvait méditer. En la voyant ainsi, le gamin comprenait qu'elle ne songeait guère à faire attention à lui, et il se mit tout doucement à fredonner d'abord, à chanter ensuite, tel qu'il l'avait appris, l'air sur Nils Le Tailleur, l'air grossier et sauvage inventé par les campagnards :

Tout homme d'entre nous qui n'est pas né d'hier
Sait combien Nils, notre tailleur, a le cœur fier.

Tout homme d'entre nous qui n'est pas tard venu
Entendit raconter comme il tomba Canut.

L'affaire se passa sur la grange de Kwiste.
« Amis, dit Nils, tout gars d'ici qui me résiste

Je saurai le lancer en l'air. Et si longtemps
Qu'il fera bien d'avoir des vivres pour cent ans ! »

Par forêts ou par monts, par plaine ou par étang,
On connaissait Hans Bugge ainsi que le loup blanc.

« Nils, beau tailleur, vois-tu, je marque d'un crachat
La place où d'ici peu ta tête touchera ! »

« Viens d'abord assez près que je puisse t'étreindre,
Car, bien plus que tes bras, ta gueule semble à
[craindre. »

Le combat demeura tout d'abord incertain ;
Pourtant, à la reprise, Hans Bugge fut atteint.

« Prie, Hans Bugge », dit Nils avec sollicitude,
« Trouverais-tu déjà que la danse est trop rude ? »

Le jette à terre, et de son nez le sang jaillit.
« Tu craches fort, Hans Bugge ! » « Ah ! qu'est-ce
[que j'ai pris ! »

Là s'arrêta l'air; le gamin n'en chanta pas davantage, mais il y avait encore deux strophes que sa mère ne lui avait sans doute pas apprises :

As-tu pu voir, sur la neige nouvelle,
Un arbre porter son ombre au soleil ?

As-tu vu Nils, tailleur sans pareil,
Lorsqu'il sourit à quelque jouvencelle ?

As-tu vu Nils se mêler à la danse ?
Jeune fille, il vaut mieux partir; c'est plus prudent.

Tu perdrais conscience
En le regardant !

La grand'mère avait quelquefois entendu ces vers et elle s'en souvenait d'autant mieux à présent qu'ils avaient été omis.

Elle se garda bien de rien dire à l'enfant, mais elle dit à la mère : « Ne te gêne pas, toi; apprends donc ta propre honte à ton fils, et n'oublie pas les derniers vers de la chanson ! »

La boisson avait complètement démoralisé Nils Le Tailleur. Ce n'était plus le même homme qu'autrefois. D'aucuns prétendaient que ç'en était fait de lui.

Mais il arriva un jour que deux Américains en villégiature visitèrent la contrée. Ils venaient d'apprendre que l'on allait célébrer une noce dans le pays, et si grand était leur désir de connaître les mœurs de l'endroit, qu'ils s'étaient arrangés pour y pouvoir assister.

Nils avait été chargé de tenir le violon. Les étrangers donnèrent chacun un thaler d'argent en denier-de-musique, et demandèrent que l'on dansât le Halling.

Personne cependant ne se montra disposé à le tenter, et ce fut en vain que les étrangers insistèrent pour que l'on exécutât devant eux la danse du pays.

Certains proposèrent bien à Nils de la danser lui-même : « N'était-il pas, lui, le maître danseur de la contrée ? » Mais il s'y refusa nettement et on le pressa dès lors avec d'autant plus d'insistance et d'ardeur. C'était cela qu'il avait souhaité. Aussi, lorsque de tous côtés les demandes furent unanimes, Nils Le Tailleur abandonna le violon entre les mains d'un camarade, enleva sa veste et sa casquette, et prit en souriant sa place au centre du cercle qui se formait.

On eût dit que l'ancienne admiration allait déjà se manifester, et à la pressentir la vigueur et l'adresse anciennes de Nils revenaient.

Les spectateurs se tenaient serrés les uns contre les autres, ceux qui étaient tout à fait derrière montaient sur les chaises ou grimpaient sur les tables; quelques jeunes filles s'étaient hissées plus haut que les autres; la plus rapprochée d'entre elles était Birgit Boën, grande et belle, à la chevelure blonde aux reflets métalliques, aux yeux bleus profonds sous un front fort, à la bouche nettement dessinée, largement fendue, qui souvent souriait, creusant un petit pli du côté d'une de ses joues fraîches.

Nils l'aperçut au moment où il jeta un coup d'œil dans la direction de la poutre du plafond. La musique commença, l'attention très vive força tout le monde à se taire et le danseur se mit en route.

Ayant pris son élan, il traversa la salle comme une flèche, revint en suivant un des côtés dans toute sa longueur, sautant sur une jambe d'après la cadence que sur un ton aigu le violon criait, tourna sur lui-même, lança les jambes en l'air et, fléchissant ensuite sur elles, les croisa, pour se redresser comme un ressort l'instant d'après, prit position comme pour le coup de botte, mais se remit à sautiller sur une jambe en parcourant l'espace libre devant lui. Une main experte tenait le violon. La mélodie envahit la salle avec une violence croissante, d'un rythme mouvementé de plus en plus accéléré. Nils laissa aller sa tête en arrière toujours davantage et, pan ! voilà le talon de botte touchant la poutre transversale du plafond avec tant de force que la poussière vola et tomba drue sur les assistants.

Tout autour de lui on criait et on riait d'approbation et d'aise, et les jouvencelles se tenaient droites, presque hors d'haleine par l'émotion.

Mais la mélodie recommença, pénétra dans les rangs à nouveau, gagnant du terrain et de la vivacité, excitant et exaspérant avec des notes de plus en plus brèves, de plus en plus aiguës. Le danseur n'y résista pas, son corps se pencha en avant, il courut à tout petits pas, toujours en mesure, puis, se redressant comme s'il voulait exécuter le coup de botte encore, il leur donna l'idée d'une déception, continuant à tourner et à glisser comme avant ; enfin, au moment où l'on s'y attendait le moins, hop ! voilà le talon de botte frappant avec un bruit lourd contre la poutre, et tout de suite une troisième fois, une autre, plusieurs, en avant, en arrière, et à chaque coup il se retrouva, d'un mouvement assuré, d'aplomb sur un pied.

Maintenant il en avait assez. Le violon chercha encore quelques notes vives, s'écartant de la mélodie, atteignit une note très profonde et, après une vibration, le son s'évanouit en une longue touche de l'archet sur la corde basse.

Le groupe se dispersa ; une conversation animée, interrompue par des cris et des exclamations, succéda au silence. Nils était resté debout, appuyé contre le mur.

Les Américains s'approchèrent alors de lui ; ils étaient accompagnés de leur interprète. Chacun sortit cinq thalers et les lui offrit en récompense. Puis il y eut un nouveau silence.

Les Américains échangèrent à voix basse quelques paroles avec l'interprète ; celui-ci ensuite demanda à Nils s'il voulait les suivre en qualité de domestique ; on était disposé à lui accorder ce qu'il demanderait comme gage.

— Pour aller où ? questionna Nils.

Les gens à présent s'étaient rassemblés autour, essayant de s'approcher aussi près du groupe que possible.

— Au dehors, dans le monde, fut la réponse.

— Quand ? demanda Nils encore ; et se retournant, le visage resplendissant, ses yeux rencontrèrent ceux de Birgit Boën pour ne plus les quitter.

— Dans une semaine, quand ils seront de retour d'une excursion, fut la réponse.

— Il se pourrait que je fusse prêt, répondit Nils, tout en soupesant ses deux grosses pièces de cinq thalers.

Il avait appuyé son bras gauche sur l'épaule de l'homme qui se trouvait placé le plus près de lui, et ce bras tremblait tant à présent que l'homme voulut l'aider à s'asseoir sur la banquette.

— Oh ! ce n'est rien, bien sûr, lui dit Nils ; et il fit quelques pas en vacillant à travers la salle, mais il retrouva son assurance et, se retournant avec fermeté, il pria que l'on commençât une danse.

Toutes les jeunes filles s'étaient rangées d'un côté. Il prit un certain temps à les regarder, les examinant comme s'il voulait faire un choix avec beaucoup de soin, puis s'en fut tout droit vers celle qui portait une jupe de couleur très foncée ; celle-là n'était autre que Birgit Boën. Il étendit la main et elle offrit les deux siennes ; alors il esquissa un sourire, s'effaça et choisit sa voisine avec laquelle il se lança dans un tourbillon étourdissant. Le rouge monta au visage de Birgit, le sang battait à son cou et à ses tempes. Un homme de haute taille et à la figure très douce se tenait derrière elle ; il la prit par la main et ils dansèrent, juste à la suite de Nils. Celui-ci s'en aperçut et — peut-être ne fut-ce que par mégarde — il les heurta si rudement au milieu de la danse que l'homme tomba à la renverse avec Birgit en une chute retentissante. Tout autour, des rires et des exclamations éclatèrent. Birgit parvint enfin à se dégager et à se remettre sur ses jambes. S'étant écartée, elle pleura en sanglotant.

L'homme à la figure douce se releva plus lentement, puis s'en fut tout droit vers Nils qui continuait à danser.

— Tu feras bien de t'arrêter un moment, dit l'homme.

Nils n'entendit pas et l'homme le saisit alors par le bras. Nils s'arracha de son étreinte et le regarda :

— Je ne te connais pas, toi, dit-il en souriant.

— Non ? Mais tu apprendras à me connaître, fit l'homme à la figure douce ; et au même instant il lui allongea un coup de poing sur l'œil.

Nils, qui ne s'attendait pas à un pareil traitement, tomba et, dans sa chute lourde, terrible, il alla s'abîmer sur la marche de pierre de l'âtre, à l'angle pointant. Il essaya immédiatement de se relever, mais n'en eut pas la force. Il avait la colonne vertébrale brisée.

Il y avait eu de grands changements à Kampen depuis quelque temps. La grand'mère avait d'abord été bien mal en point pendant des semaines et des mois.

Dès qu'elle avait commencé à se sentir malade, elle avait mis plus de zèle que jamais à amasser le petit pécule encore nécessaire pour la libération totale de la ferme. « Comme ça, vous aurez le nécessaire, toi et le petit ! Mais, ajouta-t-elle, si jamais tu accueilles ici quelqu'un capable de gaspiller et de détruire ce que je vous laisse, ça me retournera dans la tombe, sois-en sûre ! »

Au cours de l'automne, elle avait enfin eu la joie de pouvoir se rendre jusqu'à la ferme principale, chez l'ancien propriétaire, pour apporter le dernier argent soldant sa dette. Ce fut avec un soupir de satisfaction immense qu'elle revint s'asseoir sur le banc en se disant :

« Enfin, la voilà faite, cette chose, à présent ! »

Mais à la même heure la maladie la terrassa ; tout de suite, d'ailleurs, elle voulut s'aliter, et ce fut pour ne plus se relever.

Sa fille la fit enterrer là où il y avait une place libre au cimetière, et elle eut une belle croix en bois sur laquelle on lisait ses noms et son âge et un verset du livre de cantiques de Kingo.

Quinze jours après qu'on l'eut mise en terre, sa robe noire des dimanches était déjà transformée en vêtements pour le petit-fils. Quand il les endossa pour la première fois, un grand sérieux s'empara de lui, et il eut une sensation comme si la grand'mère fût en quelque sorte revenue dans son milieu familier.

De lui-même il s'approcha de l'endroit où était posé le livre aux caractères de dimensions énormes et à boucle de cuivre, le livre dans lequel la grand'mère avait pour coutume de lire chaque dimanche. Il l'ouvrit et trouva ses lunettes entre les feuillets. Le gamin n'avait jamais eu la permission de les toucher durant qu'elle était en vie. Maintenant il avait le loisir de les examiner à son aise ; il les prit donc, craintif pourtant, les mit sur son nez, et essaya de voir dans le gros livre à travers les verres. Tout était brouillé devant ses yeux. C'était tout de même bien étrange, songea l'enfant ; c'était avec ces verres-là que grand'mère pouvait lire les saintes Écritures.

Il les tint un instant en l'air contre la lumière pour se rendre compte de la cause, et patatras ! soudain, voilà les lunettes sur le plancher !

Il eut très peur, et comme quelqu'un ouvrit la porte au même moment, il lui sembla que la grand'mère venait pour le gronder. Mais c'était sa mère, et à sa suite entraient six hommes portant une civière. Ils dérangeaient tout et leurs bottes frappaient contre le sol avec grand bruit, tandis qu'ils posaient la civière au milieu de la pièce.

La porte resta longtemps ouverte après qu'ils furent entrés, et le froid du dehors pénétra rapidement dans la pièce.

Sur la civière, un homme était étendu ; ses cheveux étaient très bruns et sa figure d'une grande pâleur. La mère allait et venait en pleurant.

— Couchez-le sur le lit, et faites bien doucement, pria-t-elle ; et elle aida elle-même à le faire. Mais, tout en se déplaçant avec précaution, les hommes écrasaient de leurs bottes quelque chose qui crissait par terre.

— Oh ! ce sont les lunettes de grand'mère, bien sûr, pensa le gamin, mais il se garda de le dire.

II

C'était vers le milieu de l'automne que l'on avait porté Nils Le Tailleur dans la demeure de Margit Kampen.

Huit jours après arriva un message de la part des Américains lui demandant de se tenir prêt pour le départ.

Le malheureux était alors en proie aux plus affreuses douleurs et il gémissait de souffrances sur le lit. Il serrait les mâchoires et ne pouvait guère parler.

— Qu'ils s'en aillent donc au diable! cria-t-il.

Margit resta auprès de lui comme si ce n'était pas là une réponse suffisante. Il s'en aperçut et, au bout d'un certain temps, il reprit, tout à fait accablé et bien faiblement : « Laisse-les donc partir sans moi! »

Quand vint l'hiver, il commença à se rétablir dans une certaine mesure. Il lui fut possible de rester assis, mais c'en était fait de sa santé pour le restant de sa vie.

La première fois qu'il se leva pour de bon, il sortit son violon, et essaya de l'accorder, mais une émotion si grande s'empara de lui qu'il dut bien vite se remettre au lit. Il parlait toujours très peu, mais ses manières étaient douces avec chacun.

A mesure que les jours s'écoulaient, il s'intéressait davantage à l'enfant. Il faisait la lecture avec celui-ci, et s'occupait aussi de divers travaux à l'intérieur. Mais il ne quittait jamais la maison et ne parlait pas à ceux qui venaient le voir.

Pendant les premiers temps, Margit lui faisait part des nouvelles qu'elle apprenait au village. Plus tard il s'assombrit; elle cessa dès lors de l'en entretenir.

Quand le printemps fut venu, il y eut parfois entre Margit et lui de plus longs conciliabules que de coutume, après le repas du soir. A ces occasions on envoyait l'enfant se coucher.

Le printemps était déjà bien avancé lorsqu'on publia leurs bans à l'église, et peu après leur mariage fut célébré sans autre cérémonie.

Depuis il prenait part au travail dans les champs, et arrangeait toutes choses paisiblement et avec beaucoup de circonspection.

Margit disait au fils : « Sa présence est bonne et agréable; elle n'est pas inutile non plus. Tâche d'être obéissant et gentil et de faire ton possible pour qu'il soit content de toi. »

Margit n'avait jamais eu l'apparence de total abattement au milieu de sa détresse.

Son visage avait des couleurs, ses yeux étaient assez grands et le paraissaient encore davantage à cause de la cernure bleue qui les encerclait. Elle avait de fortes lèvres, la figure arrondie, bien pleine, et un air de santé et de robustesse, bien que ses forces ne fussent jamais considérables. A cette époque elle avait meilleure mine que jamais auparavant, et elle chantonnait continuellement pendant qu'elle était au travail, selon l'habitude prise jadis.

Un après-midi de dimanche, le père et le fils étaient sortis ensemble. Il s'agissait de se rendre compte de l'état de la culture de l'année, du progrès dans les champs.

Arne courait à droite et à gauche non loin de son père; il s'amusait à tirer à l'arc. C'était Nils lui-même qui avait taillé les flèches et préparé l'arc pour le gamin. Tout en gravissant une pente, ils s'approchaient ainsi du chemin qui conduisait de l'église et du presbytère vers ce qu'on appelait le « Bas-bourg » situé dans la vallée.

Arrivé au talus du chemin, Nils s'assit sur une pierre et s'abandonna à ses pensées. Le petit tira de l'arc au milieu de la route, puis courut à la recherche de la flèche; il dut prendre la direction vers l'église.

— Pas trop loin, entends-tu! lui cria son père.

Au milieu de sa course, le petit s'arrêta; il avait l'air d'écouter quelque chose.

— Père, dit-il, il y a quelqu'un qui joue.

Nils écouta à son tour. En effet, on pouvait maintenant distinguer le son de violons; par moments un vacarme singulier, des explosions de bruyante gaieté dans le lointain prenaient le dessus, couvrant la musique;

puis, au milieu de tout ce bruit, on percevait bientôt celui de roulements de voitures et de sabots de chevaux martelant la chaussée. N'était-ce pas une noce, avec toute sa suite, retour de l'église ?

— Viens ici, petit ! cria le père ; et Arne comprit de suite qu'il fallait obéir sur l'instant ; l'accent disait clairement qu'il ne s'agissait pas de plaisanter. Le père s'était lui-même elevé aussivit qu'il l'avait pu, et s'était dissimulé derrière un tronc d'arbre de la grosseur d'un homme. Le petit vint se poster près de lui.

— Pas ici, vite là-bas ! fit-il ; et il lui montra du doigt une épaisse touffe d'aulnes. Arne se cacha derrière.

Déjà le rang de voitures contournait le bois de bouleaux. Elles arrivèrent à une allure vertigineuse, les chevaux écumant, de la mousse blanche sous les naseaux. Des gens ivres hurlaient et gesticulaient. Le père et le fils comptaient le nombre des voitures à mesure que celles-ci passaient devant eux ; il y en avait en tout quatorze.

La première voiture était occupée par deux musiciens et la marche nuptiale résonnait, les notes de la mélodie populaire vibraient dans l'air sec. Un gars, debout à l'arrière, tenait les rênes.

Ensuite venait la mariée, coiffée de la couronne nuptiale, surmontant la chevelure opulente et luisant au soleil. La mariée souriait et un petit pli se creusait à la commissure des lèvres. A ses côtés, un homme était assis ; ses habits étaient de drap bleu, sa figure était douce et bienveillante. Puis c'était toute la suite ; les hommes étaient assis sur les genoux des femmes, des gosses étaient entassés derrière, des gens ivres conduisaient, des chevaux traînaient six personnes ; le cuisinier trônait dans la dernière voiture, un baril d'eau-de-vie dans les bras.

Emplissant l'air de leurs cris et de leurs chants, ils passaient et dévalaient la pente de la colline. La musique des violons, le vacarme, le bruit des voitures perçaient le nuage de poussière, avant de s'éloigner ; les

souffles d'air apportaient encore quelques clameurs isolées, ensuite un bruit sourd et uniforme persistait un instant, enfin plus rien.

Nils demeurait toujours immobile. Un bruissement dans les branches derrière lui le fit retourner ; c'était l'enfant qui rampait hors de sa cachette.

— Qui était-ce, père ? fit-il ; mais il eut en même temps un sursaut de peur, tant la figure du père lui parut mauvaise. Arne se tint coi, attendant la réponse à sa question ; ensuite il osa moins encore bouger, car il ne reçut aucune réponse. Peu à peu il commença à s'impatienter cependant, et finalement il risqua :

— Allons-nous partir, maintenant ?

Nils avait encore l'air de suivre la noce de son regard, mais il se ressaisit et se mit en route.

Arne le suivit à quelques pas. Il ajusta une flèche, tira et courut après.

— Ne piétine pas l'herbe du pré ! dit Nils sèchement.

Le petit laissa la flèche là où elle était tombée, et retourna aux côtés du père.

Bientôt il n'y pensa plus, et comme il arriva que le père, las de la marche et las de sa pensée, s'arrêta un instant, l'enfant se mit à genoux et fit la culbute.

— N'abîme pas l'herbe du pré, te dis-je, cria-t-il en le saisissant par un bras pour le soulever, avec tant de brutalité qu'il aurait pu le disloquer. Alors, l'enfant marcha derrière lui sans velléité de jouer.

Margit, debout sur le seuil, les attendait ; elle revenait de l'étable et il était assez visible qu'elle s'était livrée à quelque rude travail. Ses cheveux étaient emmêlés, son linge était froissé et malpropre, ses vêtements avaient reçu des taches. Mais, debout dans l'entre-bâillement de la porte, elle les accueillit avec un sourire.

— Quelques vaches ont rompu leurs liens et ont tout mis sens dessus dessous ; à présent, elles sont bien attachées.

— Tu devrais bien te reposer un peu, un

jour de dimanche, dit Nils en passant devant elle pour entrer dans la salle.

— Oui, maintenant que le travail est terminé, il est temps de se reposer, répondit Margit ; et elle entra à son tour. Et tout de suite, pendant qu'elle réparait le désordre de sa mise, elle commença à chantonner.

— Cesse donc de gringotter comme ça ! fit Nils. Il s'était jeté sur le dos au milieu du lit, et restait maintenant étendu.

Margit cessa. Le petit arriva de dehors en coup de vent.

— Il y a un gros, gros chien noir entré dans la cour, et il a l'air méchant, le vilain !

— As-tu fini de brailler, gamin ! Tais-toi ! dit Nils de son lit ; et il mit un pied par terre comme pour frapper du talon.

— Satané tapage qu'il fait toujours, ce gosse, murmura-t-il au bout d'un instant, en tirant de nouveau le pied à lui.

La mère menaça le petit du doigt :

— Tu ne vois donc pas que ton père est mal luné ! lui glissa-t-elle dans l'oreille.

— Est-ce que tu ne veux pas un peu de bon café fort avec une cuillerée de mélasse ? dit-elle à son homme, dans l'espoir de le radoucir un peu.

C'était là un breuvage pour lequel la grand'mère avait eu du goût, et bien d'autres avec elle. Nils ne l'aimait pas du tout, mais il en avait bu tout de même plus d'une fois pour faire comme les autres.

— Veux-tu que je te prépare un peu de café fort avec de la mélasse, répéta Margit, puisqu'il n'avait pas répondu à sa première proposition.

Nils se souleva dans le lit en s'appuyant sur les deux coudes, et s'écria :

— Penses-tu que je vais avaler une pareille saleté ?

Margit fut tout étonnée de cette véhémence. Emmenant le petit avec elle, elle sortit.

Ils eurent diverses choses à mettre en ordre dehors, et rentrèrent seulement pour le repas du soir. Nils n'était plus à la maison. Arne fut envoyé dans les champs pour l'appeler, mais ne le trouva nulle part. Ils attendirent très longtemps, jusqu'à ce que les plats fussent tout refroidis ; alors ils commencèrent à manger. Quand ils eurent fini, Nils n'était pas encore rentré. Margit devenait inquiète pour de bon. Elle envoya son fils se coucher, puis elle demeura assise sur le banc à attendre. Un peu après minuit, Nils arriva.

— Où as-tu donc été, si longtemps, cher homme ? lui demanda-t-elle.

— Cela ne te regarde pas, répondit-il entraînant sur les syllabes. Il voulut s'asseoir sur le banc, et Margit s'aperçut qu'il était ivre.

A partir de ce jour, Nils se rendait fréquemment au village, et chaque fois il rentrait ivre à la maison.

— Je ne peux plus tenir ici en ta compagnie, avoua-t-il en rentrant un soir.

Elle essaya tout doucement de se défendre, mais il frappa de la botte contre le plancher et l'enjoignit de se taire. S'il s'était grisé, n'était-ce pas sa faute, à elle ! S'il était de méchante humeur, n'en était-elle pas de même la cause ! S'il était estropié, et un homme misérable pour le restant de ses jours, c'était bien encore sa faute, à elle, à elle et à ce satané gosse qu'elle avait eu !

— Pourquoi aussi étais-tu toujours à mes trousses ? dit-il en commençant à pleurer. Quel mal t'avais-je donc fait pour que tu n'aies pas voulu me laisser en paix ?

— Mais, Dieu du ciel ! répliqua Margit ; était-ce donc moi qui courais après toi ?

— Oui ! c'était toi, fulmina-t-il en se dressant ; puis il poursuivit à travers ses larmes :

— Maintenant, tu es parvenue à arranger les choses comme tu le voulais. Je me traîne ici tous les jours, allant d'un arbre à l'autre. Je vais et je viens pour ne voir devant mes yeux que ma propre tombe. J'aurais cependant pu vivre heureux, en une riche joie, auprès de la plus avenante de toutes les filles du village ; j'aurais pu voyager au delà d'où le soleil luit, pourvu que toi et ton damné rejeton vous n'eussiez pas tendu des pièges sur mon chemin !

Elle essaya de se défendre à nouveau.

— En tout cas, ce n'était pas la faute au petit.

— Si tu ne te tais pas, je te flanque une raclée, dit-il ; et il la frappa.

Le lendemain, lorsque le sommeil de la nuit eut dissipé les vapeurs de l'ivresse, il fut visiblement honteux et se montra affable et amène, particulièrement envers l'enfant. Mais bientôt il revint ivre comme d'habitude, et alors il y eut encore des coups ; finalement il frappait la mère presque chaque fois qu'il avait bu.

Le petit pleurait et se lamentait, et alors il le frappait aussi.

Il y avait des jours où ses remords étaient si cuisants qu'il ne pouvait plus endurer de rester à la maison ; il lui fallait sortir. Ce fut à cette époque qu'il commença à reprendre goût pour les réunions où l'on dansait ; il se mit à jouer comme autrefois, emmenant l'enfant qui portait la boîte au violon. A ces occasions-là, le gamin put voir bien des choses. La mère pleurait toujours quand on le lui enlevait pour de semblables expéditions, mais elle n'osait jamais l'avouer au père.

— Confie-toi à Dieu et qu'il t'ait en sa sainte garde, disait-elle en lui faisant de maternelles caresses ; et elle ajoutait : « Et tâche de ne rien apprendre de mal ! »

Mais aux réunions de danse on pouvait s'amuser beaucoup, tandis que chez la mère, à la maison, on ne s'amusait pas du tout.

Voilà comment il advint qu'Arne s'attacha de plus en plus à son père au détriment de l'affection qu'il portait à sa mère. Elle s'en aperçut, mais n'en parla pas.

Dans les sauteries, il apprit un grand nombre de chansons qu'il chantait ensuite quand il était seul avec son père ; celui-ci y prenait plaisir et de temps à autre il arrivait même que le petit le faisait rire. Le gamin en était alors flatté, à tel point qu'il s'efforçait ensuite d'apprendre par cœur autant d'airs qu'il le pouvait. Il ne fut pas long à remarquer quelles espèces de chansons plaisaient le plus à son père, et quelles étaient les saillies qui contribuaient surtout à le faire rire. Et quand il n'y avait dans certaines chansons rien de particulier que le père pût goûter, le gamin en introduisait de son propre cru, tant bien que mal, ce qui lui procura de bonne heure l'occasion de s'exercer dans l'art d'accommoder les paroles à la mélodie. Ce qu'il chantait ainsi, et ce que visiblement le père préférait, c'étaient le plus souvent des couplets moqueurs contenant toutes sortes d'insinuations malveillantes à l'égard des gens qui avaient acquis du bien-être et de l'estime.

La mère faisait tout son possible pour entraîner Arne avec elle à l'étable le soir ; il trouvait toujours de nouveaux prétextes pour y échapper. Mais quand toute son ingéniosité n'avait servi à rien et qu'il lui fallait l'y accompagner, alors elle lui parlait avec tant de douceur du bon Dieu et de tous ceux qui avaient été vertueux dans leur vie qu'elle finissait par pleurer à chaudes larmes et par le prendre dans ses bras, le suppliant douloureusement de toujours bien se conduire et de ne pas ressembler aux méchants.

La mère faisait aussi la lecture avec lui, et l'enfant se montrait intelligent et d'un esprit plus vif qu'on n'aurait pu l'imaginer. De cela le père était, de son côté, extrêmement fier ; il lui disait volontiers, surtout quand il était ivre, que c'était de lui qu'il avait hérité la tête.

Dans les sauteries, le père avait maintenant pris l'habitude de pousser Arne à chanter pour l'assemblée. Plus il avait bu, plus il y prenait plaisir. L'enfant obéissait au milieu du rire et du vacarme, chantant un air après l'autre ; les approbations réjouissaient le fils, d'ailleurs, plus encore que le père, et au bout de quelque temps il n'y avait plus une chanson que le gamin ne sût chanter. Des matrones qui l'avaient entendu s'attristèrent et s'en furent auprès de sa mère donner libre cours à leur indignation ; c'est que les paroles n'avaient guère une allure convenable. La mère attrapa son fils et lui défendit au nom du Seigneur et de ce qui est le Bien de chanter des airs pareils. Dès lors l'enfant eut le sentiment que sa mère était opposée à tout ce qui lui procurait un amusement. Pour la première fois il s'en ouvrit à son père, lui racontant ce qu'elle avait dit. Le résultat fut que celui-ci la malmena plus que jamais un soir qu'il s'était grisé. Car il ne parlait jamais de la sorte quand il n'avait pas bu.

Mais à cause de cela le petit eut conscience de la gravité de ce qu'il avait fait, et, repentant, il s'adressa à Dieu, l'implorant et, de toute son âme, demandant ainsi pardon à sa mère, puisqu'il ne pouvait se résoudre à le faire ouvertement à elle-même. La mère continuait à se montrer aussi bonne pour lui qu'auparavant, mais cela lui rongeait encore davantage le cœur.

Une fois il lui arriva cependant de ne pas se souvenir de cet incident. Il possédait quelque peu le don de savoir imiter tout le monde; il contrefaisait notamment leurs intonations quand ils parlaient ou chantaient. La mère entra un soir dans la salle pendant que le gamin était en train de divertir son père en imitant les gens qu'ils avaient rencontrés. Quand elle fut sortie, le père eut l'idée de lui proposer d'imiter aussi la mère quand celle-ci chantonnait. Il s'y refusa tout d'abord, mais le père, qui était étendu sur le lit et qui riait à faire craquer le bois, insista avec fougue pour qu'il imitât sa mère.

« Après tout, pensa le petit, elle est maintenant là-bas et ne peut rien entendre »; et il se décida à faire ce que le père lui proposait. Il chanta donc un air à elle en imitant la voix que tous deux lui connaissaient bien, sa voix quand elle était enrouée et qu'en même temps des sanglots contraints lui serraient la gorge. Le père riait de toutes ses forces; il riait tant, que le petit ne s'entendit plus lui-même et s'interrompit.

A ce moment-là la mère rentra de la cuisine. Son regard doux se posa tristement et longuement sur son fils. Elle ne dit pas un mot, mais alla simplement prendre une jarre pour le lait, posée sur l'étagère, et l'emporta avec elle.

La chaleur monta au visage d'Arne et la honte le fit trembler ; évidemment elle avait dû tout entendre. Il sauta d'un bond de la table sur laquelle il était assis, sortit, se jeta par terre à plat ventre comme s'il avait voulu, dans son désespoir, s'y enfoncer et s'y dérober à tous les regards. Mais son calme ne revenait pas, et il se releva pour aller plus loin. Lorsqu'il eut dépassé la grange, il aperçut sa mère. Elle était assise et travaillait à une belle chemise neuve, précisément destinée à son usage à lui. Ordinairement elle chantait presque toujours un cantique lorsqu'au milieu du calme elle était ainsi en train de coudre un peu, mais cette fois-ci elle ne chantait pas. Cependant elle ne pleurait pas non plus, elle ne faisait que coudre, et rien d'autre. A la voir, le désespoir s'empara d'Arne avec plus de force encore. Il se jeta à ses pieds dans l'herbe, pleurant à chaudes larmes, puis leva les yeux vers elle, et des sanglots ininterrompus secouaient son corps.

La mère laissa tomber son ouvrage et prit la tête de son fils entre ses mains. Ensuite elle se pencha sur lui, approchant sa tête de la sienne en disant simplement : « Pauvre petit Arne ! »

Il n'essaya même pas d'y répondre par un mot, mais continua à pleurer comme il n'avait jamais pleuré de sa vie.

— Je savais bien que tu n'étais pas méchant, dans le fond, dit la mère en lui caressant doucement les cheveux.

— Mère! n'est-ce pas que tu ne me refuseras pas ce que je vais te demander ? fut la première phrase qu'il réussit à prononcer.

— Tu sais bien que je ne te refuserai rien, répondit-elle.

Il essaya alors de faire cesser ses pleurs, puis, la tête dans son giron, il hasarda, dans un balbutiement, sa demande.

— Mère, chante quelque chose pour moi !

— Mais, mon chéri, je ne sais pourtant rien, répondit-elle tout bas.

— Mère, chante quelque chose pour moi,

pria l'enfant à nouveau, ou je penserai que je ne mériterai plus jamais de te regarder seulement.

Elle continuait à lisser doucement les cheveux de l'enfant, mais se taisait.

— Mère, mais chante, chante donc! Écoute-moi! chante! implorait-il, ou je m'en vais si loin, que jamais plus je ne pourrai revenir à la maison.

Alors, pendant qu'il restait là, la tête contre les genoux de sa mère, — il pouvait bien être dans sa quatorzième ou quinzième année déjà, — celle-ci commença à chanter pour lui ces versets :

Protège, ô Seigneur, de ta forte main
L'enfant qui s'ébat auprès de la rive.
Commets près de lui ton digne Esprit Saint
    Pour qu'aucun mal ne lui arrive!
Le fleuve est profond et le fond glissant;
Mais si par le bras tu saisis l'enfant,
    Il se peut qu'il vive.

La mère est assise en proie au chagrin
Songeant à son fils qui s'éloigna d'elle,
Elle ouvre la porte et souvent l'appelle,
    Mais l'appelle en vain !
« Seigneur, où qu'il soit sur la terre,
Il ne peut être loin de toi,
Et Jésus, qui lui sert de père,
Le ramènera près de moi. »

Elle chanta plusieurs autres versets; Arne maintenant restait très calme. Une paix bienheureuse l'avait envahi et il sentait sous cette influence une bienfaisante lassitude le gagner. La dernière chose qu'il avait perçue avec netteté était le vers où il était question de Jésus. Il se sentait transporté dans un espace très lumineux, où il avait comme l'impression d'entendre douze, treize voix se fondre harmonieusement, tandis que celle de sa mère les dominait toutes. Jamais il ne lui avait été donné de rien entendre de plus beau, et il souhaita de pouvoir chanter lui-même avec une égale suavité. Il lui semblait que s'il s'essayait à chanter avec une grande lenteur il trouverait peut-être la bonne manière. Et il commença un peu, très bas, puis avec plus de force, pour reprendre en sourdine à nouveau, de plus en plus bas.

Ce fut presque une béatitude mystérieuse et inconnue jusqu'alors; il en éprouva une

telle joie, qu'il voulut se laisser aller, chanter d'une voix forte et triomphante : tout s'évanouit. Il s'était réveillé et regardait maintenant avec étonnement autour de lui, prêtant aussi l'oreille attentivement, mais aucun son ne parvenait jusqu'à lui, sinon le bruit éternel et rude du torrent et, plus proche, le petit ruisseau coulant vers le fleuve, de l'autre côté de la grange, avec un murmure continu aussi, plus délicat.

La mère était partie; et pour qu'il reposât elle avait placé sous sa tête sa veste et la chemise encore inachevée.

III

Quand enfin l'époque fut venue où il s'agit de faire paître les bestiaux dans les bois, Arne voulut en être chargé.

Le père cependant s'y opposa. Il n'avait jamais gardé les bêtes jusqu'alors et à présent il était dans sa quinzième année. Mais il plaida sa cause avec tant de chaleur et d'habileté qu'à la fin ce qu'il voulait fut accordé. Pendant tout le printemps, l'été et l'automne de cette année-là, il ne se trouvait donc à la maison que juste le temps nécessaire au sommeil; pour le reste il était dans les bois, seul avec lui-même toute la sainte journée.

Là-haut, parmi les collines, il emportait ses livres. Tantôt il lisait, tantôt il entaillait des lettres dans l'écorce des bouleaux. En allant il pensait, son désir partait vers l'espace et il chantait.

Mais le soir, quand il était de retour à la maison, il trouvait souvent le père ivre qui battait sa mère, déversant des malédictions sur elle et sur toute la contrée, et racontant comment il aurait pu, une fois, jadis, s'en aller faire de grands voyages. Cela éveillait dans l'âme du jeune garçon la nostalgie de pouvoir voyager aussi. Ici tout n'allait pas à merveille et les livres vous transportaient au loin; certains jours on eût dit que l'air lui-même allait vous transporter vers ailleurs, par delà toutes ces hautes montagnes.

Son âme en était là quand, vers la Saint-Jean, il fit la rencontre de Kristian, le fils aîné du capitaine qui accompagnait volontiers le petit domestique de son père dans la forêt chercher les chevaux pour pouvoir en monter un au retour.

Il avait quelques années de plus qu'Arne, était franc et joyeux, capricieux et léger dans toutes ses pensées, mais, par moments aussi, décidé en ce qu'il voulait. S'interrompant souvent, il parlait avec vivacité, volontiers de deux choses à la fois, montait à cheval sans selle, tirait des oiseaux au vol, pêchait à la mouche, et représentait aux yeux d'Arne un type idéal sur cette terre.

Il ne manquait pas, lui non plus, de connaître la nostalgie des voyages et il savait, en racontant, évoquer les lointains pays de telle façon que ceux-ci étincelaient, auréolés, devant l'imagination d'Arne.

Comme il avait pu remarquer le goût de celui-ci pour la lecture, il lui apportait l'un après l'autre les livres qu'il venait de lire lui-même ; dès qu'Arne avait fini avec un, un autre le remplaçait. Le dimanche, Kristian pouvait rester auprès de lui et l'aidait alors à se reconnaître au milieu de tous les noms propres géographiques et sur les cartes. Tout l'été et l'automne durant, Arne étudiait avec ferveur, et il en résulta qu'il devint pâle et amaigri.

Au cours de l'hiver, il obtint la permission de lire à la maison, d'une part pour la bonne raison qu'il avait son catéchisme à suivre, d'autre part grâce à ce qu'il savait toujours prendre le père de son meilleur côté. Il commença à fréquenter l'école, mais il ne s'y sentait jamais plus à son aise que lorsqu'il pouvait fermer les yeux et évoquer l'atmosphère de chez lui, au milieu de ses livres et de leur magie. Il y avait aussi cela que le fils d'un paysan ne parvenait pas aisément à être désormais pour lui un vrai camarade.

Son père continuait à maltraiter sa mère ; sa brutalité augmentait avec les ans. Il en était de même pour ses douleurs physiques, de même pour sa bibacité.

Il incombait d'ailleurs à Arne de rester auprès de son père, afin de distraire celui-ci, car ainsi seulement il était possible à la mère de jouir de quelques instants de calme.

A ces occasions il lui fallait souvent dire des choses qu'il abhorrait à présent du plus profond de son cœur. De là naquit sa haine contre son père. Naturellement il celait ce sentiment dans le recoin le plus intime de son être, de même que son grand amour pour sa mère.

S'il lui arrivait de faire la rencontre de Kristian, alors c'étaient de grandes conversations où les livres et les projets de voyage au loin jouaient le rôle capital. D'instinct il se taisait sur tout ce qui se rapportait à ce qui se passait dans sa famille. Mais bien des fois, au retour de ces entretiens où il avait évoqué de si vastes horizons, il ne pouvait s'empêcher de songer, chemin faisant, à ce qui vraisemblablement l'attendait à la maison. Alors il fondait en larmes et priait Dieu afin que celui-ci, dans son séjour parmi les resplendissantes étoiles du firmament, ne négligeât point et aidât à lui procurer sans retard une occasion de partir vers d'autres lieux.

Kristian et Arne firent tous les deux leur première communion au cours de l'été, et peu de temps après Kristian mit son projet à exécution. Le père dut le laisser partir ; il s'engagea comme marin. Ayant fait cadeau de tous ses livres à Arne, il lui promit en outre d'écrire souvent et partit.

Voilà donc Arne seul désormais.

A peu près à cette époque, l'envie d'écrire des chansons lui revint. Il cessa de rafistoler les vieux airs connus, et se mit à en composer de nouveaux dans lesquels il introduisit tout ce qui l'avait fait intensément souffrir.

Mais la mélancolie qu'il extériorisait ainsi lui devenait peu à peu trop pesante ; sa douleur détruisait ses facultés et dispersait les rythmes qui avaient chanté dans son âme.

Durant les longues nuits sans sommeil,

une certitude s'enracinait dans son esprit, la certitude qu'il lui était impossible d'endurer davantage cette existence, qu'il lui fallait s'en aller en voyage, très loin, à la recherche de Kristian, — toutefois sans en parler à personne. Il pensait beaucoup à sa mère et se demandait ce que le sort lui réserverait s'il quittait la maison. Bientôt, à cause de ses projets, il n'osa presque plus la regarder en face.

Un soir il était resté tard à lire. Quand sa tristesse lui paraissait trop lourde, c'était toujours auprès des livres qu'il se réfugiait, sans s'apercevoir que de leur poison subtil ceux-ci ajoutaient à sa mélancolie.

Le père s'était rendu à une noce, mais ils attendaient son retour pour le soir même. La mère, qui était fatiguée et qui avait peur de lui, était couchée depuis longtemps.

Arne sursauta tout à coup en entendant comme une lourde chute dans la galerie, et le bruit de quelque chose de dur qui cogna contre la porte. C'était son père qui rentrait.

Arne put ouvrir la porte et regarda d'abord.

— Est-ce toi, garçon savant ? Viens donc aider ton père à se relever !

Arne se mit en devoir de l'aider, le souleva à moitié et lui servit d'appui jusqu'à ce que l'ivrogne pût s'affaler sur le banc. Puis il alla prendre la boîte à violon, la posa dans un coin de la salle et referma la porte.

— Oui, regarde-moi donc, toi, garçon savant ! Suis-je dans un bel état, comme cela ? Non, n'est-ce pas ? Ce n'est plus le Nils Le Tailleur d'autrefois ! Et je te... te dirai une chose... il ne faut pas que jamais... que jamais tu te mettes à boire de l'eau-de-vie. C'est le diable et toutes ses tentations. Il est là, il commande... aux grands... et fait la risette aux humbles... Ah ! mon Dieu, mon Dieu !... aïe, aie pitié de moi ! Jusqu'où suis-je donc tombé, moi !

Il resta silencieux un petit instant, puis il se mit à chanter en larmoyant :

« Dieu ! Seigneur ! Je ne suis pas digne de te voir entrer sous mon toit, mais une parole, une seule, peut suffire... »

Il se laissa aller tout courbé en avant, cacha son visage dans ses mains et pleura en sanglotant et comme secoué de spasmes. Il resta longtemps dans cette position et de temps à autre il récitait mot à mot des versets de la Bible qui lui revenaient encore à la mémoire, quoiqu'il les eût appris plus de vingt ans auparavant :

« Mais elle revint auprès de lui et l'adora, et lui dit : Seigneur, viens à mon aide !

« Mais il répondit : Il n'est pas juste de prendre le pain des enfants et de le jeter aux petits chiens. — Mais elle dit encore : Oui, Seigneur, les petits chiens mangent pourtant les miettes qui tombent à côté de la table de leur maître ».

Il se tut ; ses larmes coulaient toujours, avec plus de calme, mais non moins d'abondance.

La mère était depuis longtemps réveillée ; elle n'avait pas osé lever les yeux.

A présent, cependant, qu'il pleurait des larmes de délivrance, elle se dressa et s'assit, s'appuyant sur le coude pour le regarder.

Mais Nils eut à peine eu le temps de l'apercevoir qu'il se tourna dans sa direction en s'écriant :

— Ah ! tu lèves la tête, toi aussi ? Sans doute que tu voudrais bien te rendre compte de près de ce que je suis devenu grâce à toi. Regarde donc ! Me voici tel que je suis devenu, apparence parfaite, il n'y a pas à s'y tromper.

Il se leva du banc tandis qu'elle se cachait entièrement sous la couverture fourrée.

— Ne prends pas la peine de te cacher ainsi ; il n'y a pas de danger que je ne te trouve pas, dit-il ; et en même temps il étendit la main droite devant lui, avec maladresse, gesticulant à la manière des ivrognes.

— Je vais te faire frissonner, ajouta-t-il ; et il tira la couverture et posa son index froid sur le cou de Margit.

— Père ! fit alors Arne.

— Diable ! ce que tu es devenue maigre

et racornie! Il n'y a plus grand'chose en fait de chair... Frissonne donc, hé!

La mère avait nerveusement saisi sa main des deux siennes, mais il lui fut impossible de se dégager; alors elle se recroquevilla autant qu'elle le put.

— Père! dit Arne.

— Enfin, tu te décides à remuer un peu! Ce qu'elle se tord drôlement, la manigan-ceuse! Frissonne donc! Frissonne!

— Père, répéta Arne, qui avait déjà le vertige. Tout, les meubles, la salle elle-même, tournait devant ses yeux.

— Frissonne! te dis-je.

Elle lâcha ses mains et retomba, exténuée.

— Père! cria Arne. D'un bond il avait gagné le coin de la salle, où il y avait une hachette appuyée contre le mur.

— Serait-ce que tu refuses de faire ce que je te dis par pure bravade, hein? Tu ferais mieux en te gardant de plaisanter ainsi. C'est que moi j'ai une envie terrible de te voir obéissante pour une fois. Eh bien, frissonne donc! Crie donc!

— Père! s'écria Arne; et il fut sur le point de saisir la hachette; mais au même instant il demeura cloué sur place de stupeur et de frayeur. Le père en effet s'était redressé et, poussant un cri perçant, il appuya les deux mains sur sa poitrine et tomba à la renverse.

— Seigneur Jésus! dit-il; et il resta immobile.

Arne ne savait plus où il était, ni ce qui se passait, ni ce qu'il avait sous les yeux. Il s'attendait à voir la maison éclater en quelque sorte et quelque lumière surnaturelle l'envahir d'en haut. La mère enfin respira, poussa quelques soupirs pénibles comme si elle se dégageait de quelque lourd poids. Puis elle fit un effort pour s'asseoir au milieu du lit et aperçut alors le père étendu par terre, et son fils debout à ses côtés, la hachette à la main.

— Dieu du ciel, miséricorde! Qu'as-tu fait? clama-t-elle; et elle sauta du lit et s'enveloppa de sa jupe. Lorsqu'elle fut près de lui, Arne retrouva la parole:

— Il est tombé comme cela de lui-même, dit-il très doucement.

— Arne, Arne, je ne te crois pas, cria alors sa mère; et sa voix était redevenue forte et presque menaçante. Que maintenant le Seigneur t'ait en sa garde!

Elle se jeta à genoux auprès du cadavre et se mit à gémir lamentablement.

Mais l'adolescent sortit de son étourdissement et tomba à genoux à son tour.

— Aussi vrai que Dieu a sauvé le monde, mère, il est tombé tout de son long, là, comme il était.

— C'est donc que Notre-Seigneur est venu vers nous lui-même, murmura-t-elle très bas; et elle s'assit sur les talons et regarda fixement devant elle.

Nils restait là, étendu, toujours rigide, les yeux grands ouverts, la bouche ouverte aussi. Ses mains s'étaient rapprochées comme pour se joindre au dernier moment, mais sans en avoir la force.

— Toi qui es vigoureux, dit-elle, aide-moi à empoigner ton père pour que nous couchions sur le lit.

Et ils soulevèrent le corps et le couchèrent. Elle s'efforça de clore ses paupières et sa bouche, l'allongea et joignit ses mains.

Puis ils demeurèrent debout près du lit à le regarder. Tout ce qu'ils avaient vécu jusqu'alors à travers les années leur paraissait avoir eu moins de durée que l'heure présente, paraissait contenir bien peu de chose en comparaison. Si le diable les avait visités, Notre-Seigneur était venu également. Leur rencontre avait été brève. Tout ce qui avait précédé se trouvait maintenant résolu.

Il n'était guère qu'un peu après minuit et ils devaient rester là maintenant à veiller le mort jusqu'à l'aube.

Arne s'en fut chercher du bois et alluma un grand feu dans l'âtre. Sa mère s'assit à proximité. Et comme elle était assise en paix, les souvenirs lui revenaient en rangs serrés; elle se rappelait combien de mauvais jours elle avait connus auprès de Nils, et elle remercia Dieu de ce qu'il était intervenu. Sa gratitude s'exhala en une prière fervente, vibrante et grave.

— J'ai cependant profité de quelques beaux jours aussi, ajouta-t-elle en terminant ; et elle se mit à pleurer comme si elle regrettait déjà d'avoir donné une forme précise à sa gratitude. Finalement elle s'accusa et s'attribua à elle-même la plus lourde part des fautes commises. N'avait-elle pas, par son amour du mort, agi contre les commandements divins ? N'avait-elle pas désobéi à sa vieille mère, et ne fallait-il pas voir dans sa détresse passée la punition de Dieu, la punition de son amour coupable ?

Arne s'assit en face d'elle. Alors la mère tourna son regard dans la direction du lit.

— Arne, dit-elle, il faut te rappeler toujours que c'est à cause de toi que j'ai tout supporté.

Puis elle pleura longuement, espérant de toute son âme quelques charitables paroles pour contre-balancer les pensées accusatrices, et être une consolation dans les temps à venir. Son fils était si tremblant qu'il ne put rien trouver à lui dire.

Elle sanglota de plus en plus :

— Il ne faut pas que tu me quittes,... jamais, jamais.

Il comprit enfin, tout d'un coup, ce qu'elle avait enduré pendant ces longs jours de misère, combien elle se sentirait abandonnée dans une désolation sans limite, si, en récompense de son immense attachement à lui, il devait maintenant la quitter.

— Non, jamais, jamais, murmura-t-il doucement.

Il aurait voulu aller tout près d'elle, lui apporter une consolation infinie, mais les forces lui manquaient. Ils demeurèrent assis tous les deux et leurs larmes coulèrent sans cesse. Elle pria encore Dieu, tantôt pour le mort, tantôt pour elle-même et son enfant, puis les larmes redoublèrent ; elle pria de nouveau et ils pleurèrent ensemble.

Enfin elle lui dit :

— Arne, toi qui trouves toujours des intonations si belles, assieds-toi plus près du lit et chante un peu pour ton père.

Ce lui fut comme si ses forces dès lors lui revenaient. Il se leva, alla chercher le livre des cantiques et alluma une torche.

Tenant la torche d'une main, le livre des cantiques de l'autre, il s'assit au chevet du lit. Puis au bout d'un instant il commença à chanter d'une voix claire le cantique 127 :

O Seigneur, secours-moi, si je puis l'être encore.
Me voilà chu dans les profondeurs du péché !
Toi qui nous rachetas, ô mon Dieu, je t'implore,
Car je reste ton fils dans mon iniquité.

Seigneur, Dieu de pardon, détourne ta colère
Et les verges de sang que tu brandis sur nous !
Que ta vaste pitié pour notre humble misère
Arrête ton courroux !

IV

Arne se montrait étrangement avare de paroles et fuyait la société de quiconque. Il continuait à garder les bêtes et à faire des chansons.

Les saisons passaient et il atteignit sa dix-neuvième, puis sa vingtième année ; mais il ne cessait pas de conduire le petit troupeau au bois, excepté durant l'hiver.

Il empruntait des livres au pasteur maintenant et lisait toujours. Mais c'était sa seule autre occupation, et il n'avait aucun goût d'entreprendre quoi que ce fût.

Le pasteur lui fit proposer de servir comme maître d'école : « Le village devait profiter de ses dispositions et de son savoir. » Arne ne savait quoi répondre à une semblable proposition ; mais le lendemain, comme il marchait derrière ses moutons, il composa selon son habitude un air exprimant sa pensée. Il était clair que celle-ci s'accommodait peu à l'idée qu'il se faisait des devoirs d'un maître d'école. Ce qui l'enchantait ne pouvait se trouver dans l'atmosphère d'une salle d'étude. Une tâche toute simple, l'air libre, et au delà le secret mirage, c'était là la source d'un contentement, comme l'était sa chanson naïve :

Cher agneau que j'aime,
Crois-moi, suis sans plainte
La voie où te mène
La cloche qui tinte.

Cher agneau que j'aime,
Prends garde à ta peau ;
Mère, avec ta laine,
Veut faire un manteau.

Et ne sais-tu pas
Qu'on veut ta chair grasse
Pour faire un potage,
Pauvre petit gars !

Il allait sur sa vingtième année quand il lui arriva un jour d'être fortuitement témoin d'un entretien entre sa mère et l'ancienne propriétaire de la ferme principale ; elles étaient en désaccord au sujet du cheval qu'elles possédaient en commun.

— Attendez que je sache d'abord ce qu'Arne en pense, dit à la fin sa mère.

— Ce qu'il en pense, ce frelampier, répondit l'autre ; il voudra sans doute que le cheval se promène du matin au soir tout autour de la forêt comme il fait lui-même.

La mère se tut ce coup-ci, bien qu'elle n'eût pas pour coutume de rester à court d'une réponse, et que d'autre part elle eût jusqu'alors bien plaidé sa cause.

Le sang monta à la tête d'Arne, et ses joues se couvrirent du rouge flamboyant de la honte. Jamais l'idée ne lui était venue que sa mère pouvait être bafouée à cause de lui. Qui sait ? c'était déjà arrivé plus d'une fois peut-être. Pourquoi ne lui en avait-elle rien dit ?

Il se mit à réfléchir longuement et peu à peu il eut conscience de ce fait que presque jamais sa mère ne lui adressait la parole. Il est vrai qu'il ne lui parlait pas davantage. Somme toute, est-ce qu'il parlait jamais à qui que ce fût, lui ?

Bien des fois, lorsqu'ils étaient l'un près de l'autre assis dans le calme de la maison, le dimanche, il avait eu envie de lui lire quelque sermon à haute voix ; les yeux de sa mère n'étaient plus aussi bons qu'autrefois : elle avait trop pleuré au cours de son existence.

Mais il ne pouvait s'y décider. Bien des fois il avait voulu faire un effort pour lui lire quelque chose dans les livres dont il disposait, pour lui lire à haute voix quand tout était si paisible dans la maison et qu'il avait l'impression qu'elle trouvait le temps long. Mais il n'avait pu s'y décider.

« Il faut que tout cela change, se disait-il ; je vais cesser de mener les bêtes et m'arranger pour rester davantage avec mère. »

Pendant quelques jours il ne cessa de songer à sa décision, s'efforça de l'ancrer dans son esprit. Et tout en conduisant son troupeau au loin à travers les bois il fit une autre chanson :

Le village est bruyant ; mais la forêt s'enlise
　　　Dans un calme repos.
On n'y parle jamais de taille ni d'impôts ;
Si nul ne s'y chamaille au sortir de l'église,
C'est que, dans la forêt, il n'y a pas d'église.

Que le calme est là-bas effrayant à sentir !
　　　Seuls, cherchant une proie,
Un fauve épervier plane, un grand aigle tournoie.
Sinon, ne s'ennuieraient-ils pas jusqu'à mourir ?

Là-bas, l'arbre abattu gît près de l'arbre mort.
　　　Quand vint la nuit tombante,
Le renard roux mordit l'agneau blanc ; sur la sente
Le loup survient, combat le renard, et le mord.
Arne abattit le loup dans la nuit finissante.

Pour qui sait regarder, parmi la vaste terre
　　　Quels spectacles, de-ci, de-là !
Mais j'ai rêvé d'un gars qui avait tué son père,
Et c'était en Enfer que la chose arriva !

Quand il fut de retour auprès de sa mère, il lui fit part de son projet. Elle n'avait qu'à envoyer au village chercher un gamin pour garder les bêtes ; quant à lui, il s'occuperait dorénavant de la ferme. Ce fut ainsi, en effet, que les choses s'arrangèrent. Toutefois, à partir de ce jour la mère ne cessa plus de l'entourer de soins, de le mettre en garde contre les travaux trop durs, afin qu'il ne se surmenât pas. Elle lui préparait aussi en ce temps-là une si bonne nourriture que souvent il en éprouvait comme de la honte ; il n'en disait rien cependant.

Il était tourmenté par un air qu'il voulait écrire et dont le refrain l'avait transporté : « Haut, haut, par delà les hautes montagnes ». Jamais il ne put l'achever.

La raison en était surtout qu'il voulait introduire le refrain un peu partout, au milieu des vers. Finalement il dut y renoncer.

Plusieurs des chansons qu'il avait composées furent répandues parmi les habitants de la contrée, et chacun les aimait.

Il y en avait parmi ceux-ci qui montraient grande satisfaction à parler avec lui, surtout ceux qui pouvaient se rappeler les jours de son enfance. Mais Arne avait peur de tous ceux qu'il ne connaissait pas ; il en pensait du mal aussi, mais c'était parce qu'il supposait qu'ils pensaient mal de lui.

Lorsqu'il était occupé aux travaux des champs, il avait toujours avec lui un homme entre deux âges qu'on appelait Canut des Hautes Terres. Celui-ci avait la manie de chanter à tout propos ; seulement, il chantait toujours la même chanson. Cela continua ainsi durant plusieurs mois. A la fin Arne ne put cependant s'empêcher de lui demander s'il n'en connaissait pas d'autres.

— Non, répondit l'homme.

Quelques jours passèrent ; puis, une fois que l'homme recommençait encore le même air, Arne lui demanda :

— Comment es-tu arrivé à apprendre cet air-là, et aucun autre ?

— Oh ! c'est arrivé comme ça, dit l'homme. Arne ne demanda plus rien et s'en fut à la maison. Dans la salle il trouva sa mère toute en pleurs, ce qui n'était pas arrivé à son su depuis la mort du père. Il fit semblant, d'abord, de ne rien remarquer, et s'approcha de la porte comme pour sortir. Mais il avait par trop la sensation que la mère le suivait d'un regard douloureux, et cela l'empêcha de franchir le seuil.

— Pourquoi pleures-tu, mère ?

Pendant un moment sa phrase sembla demeurer suspendue dans le silence de la salle, et ainsi elle donnait l'impression de se répéter, de s'imposer avec tant de force qu'Arne ne la jugea pas prononcée avec assez de douceur. Il répéta donc lui-même, en atténuant encore l'accent :

— Pourquoi pleures-tu, mère ?

— Oh ! je ne sais pas au juste, dit-elle ; mais ses larmes n'en furent que plus abondantes.

Il resta longtemps immobile, puis ne put faire autrement que lui dire avec autant d'assurance qu'il put :

— Il y a une raison qui te fait pleurer.

De nouveau il y eut un silence.

Il se sentait foncièrement coupable, bien qu'elle n'eût rien dit, bien que lui-même ne sût rien de l'explication.

— Cela m'a pris tout à coup, dit la mère simplement. Au bout d'un moment, elle ajouta :

— Après tout, ne suis-je pas très heureuse! Mais ses pleurs reprirent de plus belle.

Alors Arne s'élança par la porte ouverte ; une fois dehors, il dévala la pente, se dirigeant vers le précipice du Kampen. Il s'assit sur l'herbe et ses yeux distraits cherchèrent à voir nettement jusqu'au fond. Il n'était pas assis depuis bien longtemps qu'il s'aperçut qu'il pleurait maintenant, lui aussi.

« Si au moins j'étais capable de me rendre compte pourquoi je pleure », se dit Arne.

A quelque distance de lui, sur le talus d'une terre qu'on venait de défricher, Canut des Hautes Terres s'était assis également, et à présent il chantait sa chanson habituelle :

Ingerid Sletten de Silljord
De sa pauvre mère défunte
Ne reçut point d'argent ni d'or,
Rien qu'un bonnet de laine teinte.

Rien qu'un petit bonnet de laine
Sans doublure, sans ornements,
Souvenir qui brillait sans peine
Plus qu'or et plus que diamants.

Vingt ans elle le conserva,
Ne voulant pas en faire usage.
Et disait toujours : « Ce sera
Pour le jour de mon mariage. »

Le conserva pendant trente ans
Sans que nul lui en fît reproche :
« J'en serai plus belle d'autant
Quand luira le jour de mes noces. »

Quarante ans elle l'a gardé
Pour le souvenir de sa mère.
« Jamais je ne te porterai,
Petit bonnet, devant le prêtre. »

Va, fouille et cherche, le cœur gros ;
Ouvre le coffre afin d'y prendre
Le bonnet qui s'y trouve enclos...
Le bonnet n'était plus que cendre !

Arne écoutait comme s'il eût entendu quelque mélodie étrange sortant de la colline verdoyante en arrière de lui. Puis il se dirigea vers Canut.

— Est-ce que ta mère est en vie ? lui demanda-t-il.

— Non !

— Et ton père ?

— Oh ! non, pas mon père.

— Y a-t-il longtemps que tu les as perdus ?

— Oui-da... il y a longtemps.

— Sans doute tu n'as pas beaucoup de gens qui te sont vraiment attachés ?

— Certes non, pas beaucoup.

— Et ici, dans le pays, y a-t-il quelqu'un ?

— Non, pas ici.

— Là-bas, cependant, dans la contrée où tu es né ?

— Oh ! non, pas là non plus !...

— N'y a-t-il donc personne qui ait de l'affection pour toi ?

— Oh ! non, il n'y a personne.

Mais Arne le quitta, et il ressentit pour sa mère une affection telle que son cœur se mit à battre avec force et qu'il aurait pu se croire inondé de lumière.

« Grand Dieu du ciel, pensait-il, tu m'as donné un tel amour, tu m'as accordé le bienfait d'être aimé d'elle avec une douceur et une force indicibles, et c'est cela que je repousse !... Qui sait si un jour, lorsque j'aurai un grand désir de sa tendresse, qui sait si elle ne m'aura pas déjà quitté ? » Il voulut retourner immédiatement auprès d'elle, ne fût-ce que pour la voir, car il lui était difficile de dire et même de montrer l'étendue de son affection, clairvoyante à présent.

Chemin faisant, une pensée affreuse lui vint soudain : « Puisque tu n'as jamais été à même de la comprendre comme tu aurais dû le faire, il se peut que bientôt te frappe la punition de la perdre ! »

Il s'arrêta net, au milieu du chemin.

« Dieu tout-puissant, qu'en serait-il de moi en pareil cas ? »

A l'instant il eut l'impression comme si précisément un grand malheur venait d'arriver à la maison. Il prit ses jambes à son cou et courut vers la ferme ; une sueur froide perlait à son front, et il avait tant de hâte que ses pieds touchaient à peine terre.

Parvenu sur le palier extérieur, il jeta la porte grande ouverte ; mais en dedans l'air lui parut imprégné d'un grand calme. Ce fut avec précautions et très délicatement qu'il ouvrit la porte de la chambre. Sa mère s'était couchée. La clarté de la lune éclairait son visage. Elle dormait paisiblement, reposant comme un enfant.

V

Quelque temps après, — la mère et le fils avaient maintenant pris l'habitude de vivre plus près l'un de l'autre, — ils convinrent d'assister à une noce chez des parents établis dans une propriété du voisinage.

La mère n'avait été présente à aucune fête depuis ses jours de jeune fille.

Tous deux ne connaissaient qu'un petit nombre d'habitants autrement que de nom, et Arne trouvait souvent que ceux qu'il rencontrait le regardaient d'étrange façon. Un jour qu'il était sur le palier, il avait cru entendre qu'on lui jetait une parole équivoque. Il n'était pas certain d'avoir bien saisi, mais il croyait ne pas s'être trompé, et quand il y pensait son sang ne faisait qu'un tour.

Depuis qu'il était arrivé à la noce, il ne cessait pas de surveiller attentivement l'homme qui l'avait prononcée ; finalement il alla s'attabler à côté de lui. Dès qu'il fut assis à cette table, il eut l'impression que l'on s'était efforcé de donner à la conversation une autre tournure.

L'homme commença :

— Non, écoutez maintenant ceci ! Moi je vais vous raconter une histoire vraie qui démontre que rien n'est assez profondément enfoui dans la nuit qu'on n'arrive à le tirer au grand jour tôt ou tard.

Arne crut voir comment son regard un instant se posa sur lui.

C'était un homme d'un aspect vraiment repoussant, d'ailleurs. Ses cheveux étaient roux et clairsemés, son front énorme et rond comme une bosse. Très enfoncés sous ce front, il y avait une paire d'yeux petits, et plus bas un petit nez en trognon. Mais la bouche, par contre, était très grande, avec des lèvres épaisses et retournées, blafardes comme si le sang n'arrivait pas jusque-là. Quand il riait, il découvrait les gencives du haut et du bas. Il avait posé les deux mains sur la table ; elles étaient lourdes et grossières, et le poignet était osseux.

Son regard était pointu ; il parlait vite, et néanmoins son débit semblait pénible. Les gens l'avaient surnommé « Le Maroufle ». Arne savait que Nils Le Tailleur l'avait rudement arrangé dans le temps.

— Oui, fit l'homme, voyez-moi cela ; il y a beaucoup de mal, beaucoup de honte en ce bas monde. Cela se trouve souvent plus près de nous que nous ne le supposons parfois...

« Mais ça ne fait rien ! Maintenant vous allez entendre le récit d'une bien vilaine action. Les vieux d'entre vous peuvent encore se souvenir d'Alf, d' « Alf au canapsa ». « S'rons bin d'retour », disait Alf. C'est l'expression qui est restée après lui. Car, lorsqu'il avait terminé son commerce quelque part, — et il savait pousser à la vente, cet homme-là ! — il hissait le sac sur son dos, puis : « S'rons bin d'retour », disait Alf. Diable d'homme que c'était, Alf ; homme prompt, homme courageux, qu'Alf au canapsa !

« Non, c'était son affaire avec « Gros-Lambin » que je voulais raconter. Oui, — vous l'avez bien connu, Gros-Lambin ? — gros il était, en effet, fainéant et gourd il était aussi. Il prit goût pour un cheval noir au poil luisant qu'Alf au canapsa trimballait tant et si bien que le cheval dansait comme un papillon. Et avant de se rendre compte de ce qu'il faisait au juste, Gros-Lambin avait sorti cinquante thalers d'argent pour le canasson.

« Là-dessus Gros-Lambin, nigaud comme il l'était, grimpa dans une carriole, prêt à conduire en prince avec le cheval de cinquante thalers. Mais il eut beau jouer du fouet jusqu'à ce qu'on ne distinguât plus la maison tant il y avait de poussière, il eut beau jurer de quoi damner des douzaines de propriétaires de son espèce, le cheval allait quand même cogner contre toutes les portes et tous les murs qu'il y avait dans la ferme, — car il était aveugle comme une taupe, des deux yeux.

« Depuis lors ces deux-là ne cessaient plus de batailler au sujet du canasson, partout où ils se rencontraient dans la contrée, que c'était pis que deux chiens enragés. Gros-Lambin voulait naturellement ravoir sa belle monnaie, mais va-t'en voir si l'autre lui rendit seulement deux liards danois. Alf au canapsa le roua de coups jusqu'à faire voler tout ce qu'il avait sur le dos. « S'rons bin d'retour », dit Alf. Diable d'homme que c'était, Alf ; homme prompt, homme courageux, qu'Alf au canapsa !

« Mais voilà donc que pendant quelques années on ne le revit tout de même plus jamais.

« Une dizaine d'années environ s'étaient écoulées, quand un jour le crieur public le fit rechercher par un appel sur la place de l'église : un héritage important venait de lui échoir.

Précisément, Gros-Lambin se trouvait présent.

— Je m'en doutais bien, fit-il, que ce n'était pas des personnes humaines en chair et en os qui cherchaient après Alf au canapsa, mais des pécunes !

« Depuis lors il fut beaucoup jasé au sujet d'Alf. La plupart parlaient naturellement à tort et à travers. Cependant tant d'opinions furent émises, qu'en les rassemblant avec un peu de jugeotte on pouvait arriver à une conclusion qui était celle-ci : on avait bien aperçu Alf sur ce versant-ci de la Croupe, mais non pas de l'autre côté. Oui, voilà ! Vous vous rappelez la route qui allait par là, la vieille route ?

« Gros-Lambin, lui, était parvenu avec le temps à être riche et puissant au delà de toute attente. La magnificence de sa maison et de tout l'appareil dont il faisait montre n'avait pas de bornes, soi-disant. Mais au surplus il affectait une grande piété. Et tout le monde savait bien qu'il ne s'était pas adonné à la religion sans raison, lui pas plus que les autres. Et on jasait de plus en plus au sujet de tout cela.

« Ceci se passait à l'époque où il s'agissait de refaire la vieille route qui réunissait les contrées des deux côtés de la croupe. Les vieux de la vieille avaient mis dans leur tête de faire passer la route en droite ligne ; elle devait donc, selon eux, enfourcher la montagne d'un bout à l'autre. Mais nous autres nous étions résolus à avoir un bon chemin sans montées ; c'est pourquoi la route longe le fleuve tout en bas à présent. Il y eut des marches et des contremarches, je ne vous dis que cela ; c'était à croire qu'on allait raser la croupe pour le moins. Et en avant, avec tout ce qu'il y avait d'administration ; tous ceux des mines, et des ponts, et des chaussées venaient dire leur mot. Le chef du canton venait deux fois plus souvent que les autres, lui ; il avait double indemnité de déplacement aussi, s'entend. Puis, un jour donc que tout le monde était là à remuer, à creuser, à sonder, au milieu des tas de rochers, quelqu'un allait enlever une pierre, mais ce fut une main qu'il saisit au beau milieu du tas. Cette main tenait si bien que celui qui l'avait saisie tomba à la renverse. Cet embêtement-là, ce fut Gros-Lambin qui le connut. Le chef de la gendarmerie allait et venait dans la contrée, et on ne se fit pas faute de le quérir. Bientôt on mit au jour les os d'un homme entier. On s'en fut alors quérir un

médecin aussi. Et celui-là mit tous les os bout à bout, si bien qu'il ne manquait plus que la chair. Les gens commençaient à dire que ce squelette-là avait peut-être bien les mêmes dimensions qu'Alf au canapsa. « S'rons bin d'retour », avait dit Alf.

« Un et chacun trouvait plus qu'extraordinaire que la main d'un mort eût eu assez de force pour renverser un homme aussi bien en vie que Gros-Lambin, et cela sans frapper le plus petit coup. Le chef de la gendarmerie voulut en avoir le cœur net et il interrogea Gros-Lambin, sans que personne ne fût présent, cela s'entend. Et alors Gros-Lambin se mit à tant jurer et à prendre Dieu et tous les cinq mille diables à témoin qu'à la fin le chef de la gendarmerie n'y vit que du feu.

« — Oui, oui, dit-il, il faudra bien voir ; si ce n'est pas toi le coupable, tu seras bien assez vaillant pour dormir dans la même pièce que le squelette cette nuit, toi !

« — J'en sommes bien capable, moi, répondit Gros-Lambin.

« Le médecin rassembla encore les os et fit des nœuds aux jointures. Puis le squelette fut placé sur un des lits de la baraque. Gros-Lambin devait se coucher dans l'autre. Le chef de la gendarmerie s'enveloppa dans son manteau et se coucha tout contre le mur, de l'autre côté.

« Lorsque la nuit fut venue et que Gros-Lambin eut à se rendre auprès de son camarade de chambrée, il lui sembla d'abord que la porte se referma sur lui d'elle-même. Comme il se trouvait au milieu d'une grande obscurité, Gros-Lambin crut bien faire de se mettre à chanter des cantiques. Il avait d'ailleurs une voix faite pour tenir le coup.

— Pourquoi chantes-tu des cantiques ? demanda le chef de la gendarmerie de l'autre côté du mur.

— Est-ce qu'on sait jamais ! les cloches n'ont peut-être pas sonné à son enterrement, répondit Gros-Lambin.

Au bout de quelque temps, il se mit à

dire des prières, de sa voix la plus forte et la plus grave.

— Pourquoi dis-tu des prières, demanda encore le chef de la gendarmerie de l'autre côté du mur.

— Il me semble que celui-ci a été un grand pêcheur devant l'Éternel, répondit Gros-Lambin.

Petit à petit enfin le silence s'établit. Même qu'à un moment le chef de la gendarmerie fut sur le point de s'endormir. Mais alors, tout à coup, on clama dans la baraque avec tant de force que celle-ci trembla sur sa base : « S'rons bin d'retour ». Puis un vacarme incroyable éclata à l'intérieur.

— Veux-tu bien allonger mes cinquante thalers, hurla Gros-Lambin. Et le bruit de la dispute augmentant, un tapage infernal régnait maintenant dans la pièce. Alors le chef de la gendarmerie fit sauter la porte, des gens accoururent, armés de pieux, et on fit de la lumière.

Qu'est-ce qu'on vit ? Gros-Lambin étendu sur le plancher au milieu de la pièce, et le squelette affalé sur lui... »

Autour de la table, les convives n'interrompirent pas de longtemps le silence qui suivit ce récit. Enfin l'un d'eux, sur le point d'allumer sa pipe en terre, risqua :

— Mais à partir de cette nuit-là il était devenu fou, n'est-ce pas ?

— Précisément ! Il est devenu fou.

Arne avait la sensation que tous tournaient ses yeux vers lui, et à cause de cela il ne pouvait pas seulement soulever les paupières.

— C'est comme je l'ai dit, reprit celui qui avait parlé le premier ; rien n'est assez profondément enfoui dans la nuit qu'on n'arrive tôt ou tard à le tirer au grand jour.

— Non, écoutez ! Maintenant je vais vous raconter l'histoire d'un fils qui assomma son propre père, dit un homme lourd aux cheveux blondasses, à la figure ballonnée.

Arne ne savait plus où il était ; une hébétude annihilait ses forces.

— Il y avait un homme appartenant à une grande famille du côté de Hardanger. C'était un grand batailleur qui avait flanqué à bas un grand nombre de gens. Son père et lui étaient en désaccord pour une question de revenus et le résultat fut que l'homme ne trouva plus un instant de tranquillité, pas plus à la maison que dans le village.

Il se montra plus mauvais coucheur que jamais et son père voulut l'admonester sévèrement.

— Je n'accepte des remontrances de personne, déclara alors le fils.

— Tu en accepteras pourtant de moi, aussi longtemps que je serai en vie, répondit le père.

— Si tu ne veux pas te taire, tu recevras une raclée, voilà ! fit le fils en se dressant.

— Essaye donc voir ! Si tu en as le courage, tu ne connaîtras plus que le malheur en ce monde, répliqua le père en se levant à son tour.

— Tu crois cela ?

Le fils l'empoigna durement et le fit tomber.

Mais le père n'accepta pas la lutte. Il croisa les bras et laissa l'autre faire dans sa colère. Le fils le bouscula, le frappa, le malmena et, l'ayant traîné jusqu'à la porte, lui dit : « Je veux avoir la paix dans cette maison ! »

Mais quand ils furent tous deux devant la porte, le père se dégagea un peu de son étreinte.

— Pas plus loin que la porte, dit-il, car c'est jusque-là seulement que j'ai un jour traîné mon père.

Le fils n'y prêta aucune attention, mais continua à traîner son père jusqu'à ce que sa tête dépassât le seuil.

— Pas plus loin que la porte, t'ai-je dit ! fit le vieux ; et il se redressa, flanqua le fils par terre à ses pieds, et le fouetta comme on fouette un enfant. »

— Ceci est une vilaine affaire, opinèrent plusieurs convives.

— Il ne pouvait tout de même pas maltraiter son père de la sorte, ajouta l'un d'eux.

Du moins Arne crut entendre cette phrase, sans toutefois en être absolument convaincu.

— Maintenant, c'est à moi de *vous* raconter quelque chose, fit Arne. Il s'était levé, pâle comme un cadavre, et sans savoir ce qu'il allait leur dire. Il lui semblait que toutes sortes de paroles voletaient dans l'air devant ses yeux comme des tourbillons de flocons de neige. « Allons-y au hasard », songeat-il enfin ; et, décidé, il commença ainsi :

— Un trold de la montagne cheminait un jour sur la route construite par les hommes. Alors il vit venir à sa rencontre un petit garçon qui tout en marchant pleurait amèrement.

— Qui crains-tu davantage, lui demanda le trold, toi-même ou les autres ?

Mais le garçon continuait à pleurer ; il avait du chagrin parce que la nuit précédente il avait rêvé qu'il était sur le point de tuer son père tant celui-ci était un homme méchant. C'est pourquoi il répondit à la fin :

— J'ai surtout peur de moi-même.

Le trold répliqua :

— Dorénavant tu n'auras rien à craindre de toi-même ; ne pleure donc plus ! Car à partir de maintenant seuls les autres seront tes ennemis.

Puis le trold, poursuivant son chemin, le quitta.

Le premier passant que rencontra le garçon par la suite se mit à rire de lui ; c'est pourquoi le garçon dut rire de cet homme à son tour.

Le second qu'il rencontra le frappa ; il fallait bien que le garçon se défendît, et à son tour il le frappa.

Le troisième qu'il rencontra voulut le tuer ; le garçon ne put alors faire autrement que de le tuer.

Mais depuis lors tout le monde commença à dire du mal de lui, et il en résulta naturellement qu'il ne sut que dire du mal des autres. Chacun ferma si bien à clef ses portes et ses armoires qu'il fut bientôt contraint à voler tout ce qui lui était nécessaire. Il dut même prendre en secret le temps de son sommeil. Depuis qu'il ne lui était plus permis de rien faire de ce qui est bien, il ne lui restait qu'à faire le mal.

Alors on commença à dire dans la contrée :

— Voilà un garçon dont il s'agit de nous débarrasser coûte que coûte ; il est trop méchant !

Un beau jour ils s'entendirent donc pour lui faire son affaire.

Mais ce garçon n'avait pas conscience d'avoir rien fait de si méchant. Aussi, dès qu'il fut mort, il s'en alla tout droit devant le trône de l'Éternel.

Il trouva là, assis sur un banc, le père qu'il n'avait nullement tué ; en face, sur un autre banc, étaient assis tous ceux qui l'avaient poussé à faire du mal.

« — De quel banc as-tu peur, mon garçon ? lui demanda l'Éternel. Le garçon désigna de la main le banc le plus long.

— Alors, va t'asseoir à côté de ton père, dit l'Éternel ; et le garçon se disposa à lui obéir. Mais au même instant son père s'effondra sur le banc où il était assis, et on vit qu'il avait le crâne fendu en une béante plaie.

« A sa place, le garçon vit maintenant une image de lui-même ; ses traits avaient une pâleur cadavérique, et un grand repentir était peint sur son visage. Puis il en vit une autre, le visage défait par l'ivresse, le corps tout affaissé ; puis une autre encore, le visage marqué par la folie, par un rictus d'effrayante gaieté, les vêtements en lambeaux.

— Voilà ce qui aurait pu t'arriver à toi aussi, dit l'Éternel.

— Est-il possible ! s'écria le garçon ; et il saisit le pan de la robe du bon Dieu.

A l'instant les deux bancs tombèrent du ciel et le garçon se vit de nouveau debout et tout souriant aux côtés de l'Éternel.

— Souviens-toi de ceci quand tu te réveilleras, lui dit encore le bon Dieu ; et le garçon se réveilla au même moment.

« Mais le garçon qui fit ce rêve étrange, c'est moi ; et ceux qui mettent son âme à l'épreuve en voulant le faire passer pour méchant, c'est vous. Je n'ai plus aucune peur de moi-même, à présent ; mais vous, je vous crains. Ne lancez pas le mal sur mon chemin, car il n'est pas certain que je puisse, moi, saisir un pan de la robe du bon Dieu. »

Ayant dit, il s'élança au dehors et les hommes se regardèrent stupéfaits.

VI

C'était le lendemain, dans la grange de cette même propriété où Arne avait bu jusqu'à s'enivrer pour la première fois de sa vie. Il en était devenu tout malade et il était resté à dormir dans cette grange pendant près de vingt-quatre heures. Maintenant il était éveillé et assis, tout courbé cependant, appuyé sur les deux coudes. Et il venait d'entamer un entretien avec lui-même.

« ... Partout où je me tourne, tout ce que je regarde prend un air de lâcheté. Quand j'étais encore tout gamin, si je ne me suis pas enfui de la maison, c'est que j'étais lâche. Pure lâcheté, rien d'autre ! Si je supportais d'entendre comment mon père traitait ma mère, ce n'était que lâcheté ! Si je me laissais aller à chanter toutes ces vilaines chansons pour lui plaire, c'était par lâcheté. Si je me suis mis à garder les bêtes — lâcheté ; à lire,... oui, cela aussi fut par lâcheté : ne voulais-je pas me cacher à mon propre regard ? Et lorsque je fus avancé en âge, si je n'offris aucune assistance à ma mère contre mon père — lâcheté ! Et si je n'ai pas... cette nuit-là... oh ! — lâcheté ! J'aurais peut-être attendu jusqu'à ce qu'*elle* eût été mise à mort ! Après cela, je ne pus plus tenir à la maison, — lâcheté ! Mais je me suis bien gardé de partir pour de bon aussi — par lâcheté. Je n'ai rien voulu entreprendre, je me contentais de garder le troupeau — lâcheté. Il est vrai que j'avais promis à ma mère de rester auprès d'elle ; mais si je n'avais pas craint de me lancer au milieu des inconnus, j'aurais, certes, eu assez de lâcheté pour trahir ma promesse. Car j'ai peur de tout le monde, et cela surtout parce que je crois qu'ils peuvent se rendre compte combien je suis vil. C'est parce que j'ai peur d'eux que j'en pense et dis tant de mal, — lâcheté diabolique et maudite ! Et par lâcheté je fais aussi des chansons. Je n'ose pas me laisser aller à penser franchement au sujet de mes propres affaires, c'est pourquoi je me penche sur celles des autres, — c'est bien cela, poétiser !

« J'aurais dû me mettre à pleurer dans un coin, pleurer à faire fondre les collines, n'est-ce pas ? Mais à la place de cela je me dis : « Chut ! chut ! » et je m'étends doucement dans un bercement.

« Mes chansons elles-mêmes sont une forme de lâcheté ! Car si elles exprimaient un courage plus ardent, elles auraient aussi moins de défauts. J'ai peur de toutes les fortes pensées, j'ai peur de tout ce qui est grand et puissant. Si je me vois entraîné jusque-là, je sens une fureur s'emparer de moi ; et la fureur est une lâcheté. Je suis plus adroit, plus sage, plus avisé que je n'en ai l'apparence ; je suis meilleur que ne le donneraient à entendre mes paroles ; mais à cause de ma lâcheté je n'ose pas me montrer tel que je suis.

« Quelle horreur ! L'eau-de-vie, je l'ai avalée par lâcheté, n'ayant qu'un désir : celui d'étouffer ma douleur. Fi ! quel dégoût ! Assurément c'était mauvais et cela faisait mal. Et j'en bus quand même, j'en bus quand même... Je bus le sang qui réchauffa jadis le cœur de mon père ; et rien ne m'en empêcha ! C'est donc que ma lâcheté ne connaît pas de bornes... Mais ce qui est bien autrement lâche que tout le reste, c'est que je suis capable de rester assis là à me faire toutes ces réflexions moi-même.

« ... Me suicider ? Ah ! ouiche ! Comme si j'en étais capable ! Pour cela je suis bien trop lâche. Puis, est-ce que je ne crois pas en Dieu, par-dessus le marché ? Mais oui, je crois en Dieu. Volontiers je chercherais à me réfugier auprès de lui ; mais c'est encore ma lâcheté qui me tient éloigné de lui.

« Ce serait le grand chambardement, et l'être humain qui est lâche se lamente plutôt que de le risquer. Si j'essayais tout de même, c'est-à-dire selon les forces dont je puis disposer ! Dieu tout-puissant ! si je l'essayais ? Il faut bien guérir comme on le peut quand on a un sang de navet, car il n'y a plus d'ossature dans mon corps; plus un os, plus un cartilage, rien qu'une chose molle et flasque, quelque chose de liquéfié qui fait floc ! floc !

« ... Si j'essayais; si j'avais recours à des livres bons et doux à l'esprit. N'ai-je pas peur de ceux qui ont en eux quelque puissance ! remplis de gentilles aventures, de légendes, de tout ce qui est doux et attendrissant,... puis un sermon chaque dimanche, et une prière tous les soirs. Avec cela un travail régulier pour donner bonne prise à la religiosité ! ce qui ne se peut pas au milieu de l'indolence. Si j'essayais ! Dieu bon et clément de mon enfance ! si j'essayais ! »

Mais quelqu'un venait d'ouvrir la porte de la grange, pénétrant avec précipitation. Il reconnut sa mère, bien que son visage de pâleur extrême fût couvert de grosses gouttes de sueur. C'était déjà le deuxième jour qu'elle cherchait après son fils. Elle ne cessait pas de crier son nom et ne s'arrêtait même plus pour écouter s'il lui venait une réponse; elle ne faisait qu'appeler en allant et venant jusqu'à ce qu'il répondît du tas de paille sur lequel il était couché. Elle poussa un grand cri de joie et se mit à sauter dans la paille avec plus de légèreté qu'un enfant. Mais bien vite elle se jeta dans ses bras.

— Arne, Arne ! murmura-t-elle, tu étais donc ici ! Enfin je t'ai retrouvé en dépit de mon désespoir ! Je te cherche depuis hier; je t'ai cherché durant toute la nuit ! Mon pauvre, pauvre petit Arne ! Je me suis bien aperçu qu'ils t'avaient blessé, et j'aurais tant voulu te parler pour pouvoir te consoler de toute la force de mon âme. Mais tu sais bien que je n'ose pas te parler ! Écoute-moi, mon Arne, j'ai bien vu aussi que tu buvais. Dieu tout-puissant ! qu'il me soit accordé de ne plus jamais voir cela !

Il y eut un moment de silence avant qu'elle ne réussît à dire davantage. Puis elle reprit :

— Le Seigneur te protège, mon enfant ! Quand je pense que j'étais là, que je te voyais boire !... Et ensuite, brusquement je t'ai perdu de vue, abîmé de douleur et égaré de boisson comme tu le fus; depuis lors je cours de maison en maison... Hier je parcourus les champs au loin, je cherchai derrière les moindres touffes de verdure, j'interrogeai tous ceux que je rencontrais, je vins même jusqu'ici, mais tu ne m'as pas répondu... Arne, Arne ! Longtemps j'ai marché en longeant le fleuve, mais nulle part il ne m'a semblé assez profond...

Maintenant elle se blottit toute contre lui.

— Enfin une pensée s'imposa à mon esprit, une pensée douce et consolatrice : sans doute tu devais être rentré à la maison à cette heure ! Je me précipitai alors. Certainement je fis tout le chemin en moins d'un quart d'heure. J'ouvris les portes de chaque pièce, je te cherchai partout, et après seulement je me rappelai que c'était moi qui portais la clef. Ainsi il était impossible que tu fusses entré sans moi.

« Arne, cette nuit je t'ai cherché tout le long de la route, j'ai suivi l'un après l'autre les fossés des deux côtés. Et je n'osais pas aller jusqu'au précipice du Kampen !

« J'ignore comment je suis venue jusqu'ici. Personne ne m'a ni aidée, ni conseillée; mais Notre-Seigneur m'a guidée. Lui seul m'a inspiré l'idée que tu pouvais être ici. »

Il essaya doucement de l'apaiser.

— Arne, tu me promets de ne plus boire de l'eau-de-vie ?

— Certainement je n'en boirai pas; tu peux être bien tranquille à ce sujet !

— N'est-ce pas qu'ils se sont montrés méchants envers toi ? Dis-moi ! Étaient-ils méchants envers toi ?

— Mais non! C'était moi qui me montrais *lâche*.

Et il appuya sur ce mot.

— Je ne comprends vraiment pas comment ils peuvent être méchants envers toi. Mais dis-moi! Qu'est-ce qu'ils t'ont fait? Jamais tu ne veux rien me dire.

Elle recommença à pleurer.

— Tu ne me dis jamais grand'chose non plus, mère! dit alors Arne très doucement, en guise de réponse.

— La faute est donc la tienne pour la plus grosse part, Arne; j'ai pris une telle habitude de me taire en restant avec ton père que tu aurais dû venir à ma rencontre et m'aider un peu à m'y accoutumer. Mon Dieu! il n'y a pourtant que nous deux, et nous avons déjà tant souffert ensemble!

— Nous allons bien voir si les choses ne vont pas se passer mieux dorénavant, répondit l'adolescent tout bas. Dimanche prochain, c'est moi qui te lirai le sermon à haute voix!

— Dieu soit béni, mon fils; merci. Écoute-moi, Arne!

— Oui, mère.

— J'ai quelque chose à te dire...

— Dis-le, mère.

— J'ai un grand tort vis-à-vis de toi... J'ai fait quelque chose que je ne devais pas faire.

— Toi, mère?...

Cela le touchait indiciblement que sa mère chérie, que sa bonne petite mère dont la patience avait toujours été sans égale, n'hésitât pas à s'accuser ainsi elle-même d'une faute commise à son égard, lui qui ne lui procurait jamais une seule vraie joie; et il la prit immédiatement dans ses bras, la câlina et tomba tout éperdu en larmes.

— Mais oui, je l'ai fait! Et cependant, je n'avais pas la force d'agir autrement.

— Non, non, ce n'est pas vrai! Jamais tu n'as pu faire quelque chose qui ne fût pas pour mon bien!

— Mais si, je l'ai fait. Dieu en est témoin! Mais il n'y a pas d'autre raison que mon immense amour pour toi. Maintenant il faudra que tu me pardonnes, tu entends!

— Bien sûr que je te pardonnerai.

— Et je te le raconterai une autre fois... Mais tu me le pardonneras!

— Oui, oui, mère.

— Vois-tu, c'est peut-être à cause de cela qu'il m'a été si difficile de te parler en tout, ouvertement et librement. J'ai porté en moi le poids de mes torts envers toi.

— Mon Dieu! mère, ne parle donc plus ainsi.

— Je suis heureuse à présent que j'ai pu te dire au moins cette partie de ma confession.

— Désormais nous parlerons plus souvent ensemble, nous deux, mère.

— Bien sûr que nous n'y manquerons pas... Et puis... tu me liras le sermon à haute voix, n'est-ce pas?

— Mais oui, je le ferai aussi.

— Pauvre petit Arne! Que Dieu te garde!

— Maintenant je crois bien que nous n'avons rien de mieux à faire que de rentrer à la maison.

— C'est cela, rentrons.

— Pourquoi regardes-tu tout autour de toi si attentivement, mère?

— Je peux bien te le dire: je pense à une chose pendant que je me trouve ici... Dans cette même grange ton père s'est réfugié pour pleurer un jour.

— Père? fit Arne; et il pâlit.

— Oui! Pauvre Nils... C'était le même jour que tu fus tenu sur les fonts baptismaux.

— ...

— Tu regardes tant autour de toi. Arne?

VII

A partir du jour où Arne s'efforça en toute sincérité de vivre sur un pied de plus grande intimité avec sa mère, ses rapports avec les autres furent également modifiés. Il regarda toutes choses et tout le monde avec les yeux attendris de sa mère.

Néanmoins il eut plus d'une fois de la difficulté à ne pas trahir sa résolution. Car ce qu'il pensait au plus profond de son âme n'était pas toujours fait pour l'entendement de sa mère.

Sa mélancolie secrète prit forme dans les chansons qu'il composa à cette époque, mais notamment dans celle-ci :

Par un beau jour plein de soleil,
Ne pouvant demeurer chez moi,
Je sors pour m'en aller au bois.
En moi des souvenirs s'éveillent.
Mais les fourmis allaient, les moustiques piquaient,
Les guêpes bourdonnaient et les taons harcelaient.

Par un beau jour plein de soleil,
Ne pouvant rester au logis,
Sur l'herbe d'un pré m'étendis
Pour y chanter ce qui me venait à l'esprit.
Mais des serpents venaient s'y chauffer au soleil ;
Jugez alors si je m'enfuis !

Par un beau jour plein de soleil,
Ne pouvant rester au logis,
Détachai ma barque et m'y étendis.
Mais le soleil fit éclater mon nez vermeil.
C'en était trop ! à terre me rendis.

Par un beau jour plein de soleil,
Ne pouvant rester au logis,
Dans un arbre je m'établis
Pour y trouver abri contre l'ardent soleil.
Mais je n'y pus trouver nulle fraîcheur,
Et même, ah ! malheur !
Une chenille en mon cou se glisse.
Je saute en bas ; la peste de la chute !

Par un beau jour plein de lumière,
Ne pouvant rester au logis,
Droit au torrent je me rendis
Pour y trouver la paix dernière.

Cette chanson n'est pas de moi
Si celui qui la fit c'est toi.

Son intimité avec la mère lui paraissait de jour en jour plus riche en bienfaits. Et ce qu'elle ne pouvait pas saisir de ses pensées n'en était pas moins une cause de joie et en quelque sorte de rapprochement spirituel, tout comme les pensées qu'elle était à même de partager. Car moins elle comprenait, plus il ruminait lui-même ses pensées et il découvrait ainsi qu'elle lui devenait d'autant plus chère qu'il pouvait plus aisément connaître les limites de son esprit. En effet, elle lui devenait chère plus que toute chose !

Arne ne s'était guère soucié d'aventures lorsqu'il était enfant.

Mais à présent qu'il était pour ainsi dire un homme fait, une nostalgie d'aventures lui venait et à sa suite l'amour des sagas, et des légendes populaires, le goût des épopées et des chansons héroïques. Une étrange et merveilleuse langueur se glissait dans son âme. Il aimait à se trouver dehors au milieu des solitudes et se promenait souvent au loin ; bien des endroits qu'il avait à peine regardés autrefois lui paraissaient maintenant revêtus de charme et de beauté.

A l'époque où il suivait le cours du catéchisme avant sa première communion, il s'était souvent rendu avec des camarades de son âge près d'un grand lac au bas du presbytère. On l'appelait le Lac noir tant il semblait avoir de sombre profondeur. Le souvenir de cet endroit commençait à le hanter ; un soir il s'y rendit.

Il s'assit derrière un buisson touffu à quelque distance du presbytère ; celui-ci se trouvait à mi-côte d'une colline aux pentes accidentées, adossée elle-même à un des hauts sommets. La configuration du terrain était analogue du côté opposé et deux vastes ombres s'étendaient à la surface du lac, mais au milieu étincelait un ruban clair d'eau moirée et argentine. Tout était noyé de calme.

Le soleil était sur le point de choir derrière les montagnes. Par-dessus les eaux arrivait seulement le son affaibli de grelots tintant sur la rive d'en face. A part cela, tout était silencieux.

Arne ne regarda pas tout droit devant lui d'abord ; il observait l'eau comme pour en mesurer la profondeur, mais il fut attiré par une lueur rouge, du feu que le soleil éparpillait en nappes quelque temps avant de disparaître. Les montagnes s'étaient écartées un peu, là-bas, de manière à étendre entre elles une vallée longue et étroite presque au niveau de l'eau qui en venait caresser le bord. Mais à présent on aurait dit que les montagnes se rapprochaient au crépuscule comme pour s'emparer de la vallée qui les séparait et l'engloutir dans un vacillement soudain.

Jusqu'au fond de la vallée les propriétés se touchaient, les champs se succédaient, enserrant les bâtiments des fermes. La fumée s'élevait des cheminées. Les prés étaient verdoyants et une brume légère restait suspendue au-dessus d'eux. Des barques chargées de foin accostaient, l'une après l'autre.

Il distinguait sans peine les gens qui là-bas allaient et venaient, terminant les derniers travaux de la journée, mais aucun bruit de voix ne parvenait jusqu'à lui.

Ses yeux quittaient ce coin, parcourant l'autre partie de la rive où seule régnait la forêt sombre que le Maître de la terre y avait placée. Mais à travers la forêt et suivant la courbe des eaux, les hommes avaient tracé un chemin et la ligne creusée entre les arbres lui apparaissait comme un sillon qu'aurait ouvert un doigt dans un amas d'aiguilles de sapin.

Un petit nuage de poussière s'allongeant en une ligne courbe la couronnait à la hauteur des couronnes des arbres. Il la suivait du regard jusqu'à l'endroit juste en face de celui où il était assis; c'est là que s'arrêtait la forêt. La montagne s'infléchissait un peu, donnait un peu plus d'espace; et tout de suite des propriétés voisinaient, l'une à côté de l'autre.

C'étaient des maisons plus grandes que celles du fond de la vallée; elles étaient peintes en rouge, avec de hautes fenêtres qu'incendiait encore le soleil. Sur les collines, la clarté du couchant n'avait pas encore diminué; le plus petit enfant qui y jouait était visible avec une grande netteté. Au bord de l'eau le sable était sec, blanc et brillant; un groupe de gamins sautaient et couraient à qui mieux mieux avec quelques chiens.

Mais soudain tout fut assombri par l'abandon du soleil; le paysage prit un aspect plus désolé, les maisons rouges eurent une teinte plus foncée, le pré fut d'un vert tirant sur le noir, le sable devint tout grisâtre, et les enfants ne formèrent plus que des petites boules sans couleur. Un pan de brouillard avait envahi la montagne et enlevé le soleil.

Son regard chercha alors un refuge au milieu des eaux, et là il retrouva dans une vision miraculeuse l'ensemble des choses.

Les champs s'étendaient en vastes ondulations, la forêt se tenait silencieuse près des bords, les maisons s'inclinaient un peu, les portes grandes ouvertes, des enfants entraient et sortaient. L'atmosphère des aventures avait gagné tout l'espace, les petites pensées naïves des songes arrivaient par bancs serrés comme de petits poissons après l'amorce, s'enfuyaient vite, revenaient, jouaient alentour, mais ne mordaient pas.

— Asseyons-nous ici, veux-tu?... en attendant que ta mère nous rejoigne; il faut bien espérer que la femme du pasteur aura tôt ou tard fini de bavarder!

Arne avait sursauté, tant ces paroles imprévues au milieu du vaste silence étaient venues le surprendre; deux personnes venaient de s'asseoir derrière lui, de l'autre côté des buissons.

— Mais pourquoi ne me permettrait-on pas de rester, ne serait-ce que cette nuit encore? implora une voix fine, toute troublée de sanglots. Apparemment c'était la voix d'une jeune fille sortie à peine de l'enfance.

— Ne pleure donc plus comme cela; c'est très vilain de pleurer parce que tu dois rentrer auprès de ta mère.

Cela fut dit d'une voix masculine, mais très douce, et sans la moindre brusquerie. C'était évidemment le père qui parlait ainsi.

— Ce n'est pas à cause de cela que je pleure!

— Pourquoi est-ce que tu pleures, alors?

— Mais parce que je ne serai plus avec Mathilde.

Mathilde, c'était le nom de l'unique fille du pasteur. Arne se rappelait maintenant qu'une jeune paysanne avait été accueillie au presbytère et élevée aux côtés de la fille du pasteur.

— Pourtant,... cela ne pouvait pas durer toute l'éternité, je pense!

— Non, mais rien qu'un jour de plus, tout de même, père chéri! fit-elle, pleurant sans répit, de plus en plus fort.

— Ne vaut-il pas mieux que tu rentres à la maison avec nous, tout de suite? Qui sait s'il n'est pas déjà trop tard.

— Trop tard? Qu'est-ce que cela veut dire? A-t-on jamais rien entendu de pareil!

— Toi, tu es née paysanne, et paysanne il faudra bien que tu restes! Nous n'avons pas les moyens, nous autres, d'entretenir une demoiselle élégante.

— Rien ne m'empêcherait de continuer à être une paysanne, quand même je resterais encore là.

— Tu ne comprends rien à cela!

— Jamais je n'ai cessé de porter des robes de paysanne.

— Les vêtements n'y sont aussi pour rien.

— J'ai toujours filé, tissé, fait de la cuisine.

— Cela n'y est pour rien non plus.

— J'ai le même langage que toi et mère.

— Cela n'importe pas davantage.

— Alors je ne sais vraiment pas ce que cela peut être, répondit la jeune fille; et elle rit.

— On verra bien... Mais, à part cela, j'ai bien peur que tu n'aies déjà trop d'autres pensées.

— Des pensées! des pensées! Voilà ce que tu ne cesses de me répéter. Je n'ai pas de pensées, moi!

L'instant d'après, elle recommença de pleurer.

— Oh! quelle girouette on a en toi!

— Le pasteur ne m'a jamais fait de pareil reproche.

— Peut-être bien que non! C'est aussi moi qui te le fais.

— Girouette? A-t-on jamais vu! Je ne veux pas être une girouette, moi?

— Qu'est-ce que tu veux être, alors, toi?

— Ce que je veux être? A-t-on jamais entendu? Mais rien du tout.

— Eh bien, alors, ne sois rien du tout. Maintenant elle rit, la jeune fille

Au bout d'un moment, elle redevint sérieuse pour dire :

— C'est très méchant de ta part de m'appeler rien du tout.

— Mon Dieu! Puisque c'est ça que tu veux toi-même!

— Non! Je ne tiens pas à être rien du tout.

— Alors, bon ! Sois tout, si tu veux !

La jeune fille rit. Un moment après, elle dit encore, la voix attristée :

— Jamais le pasteur ne s'est moqué de moi de la sorte.

— Non, il ne réussit qu'à t'apprendre à le mériter.

— Le pasteur? Jamais tu n'as été pour moi aussi bon que le fut le pasteur !

— Ç'eût été le monde renversé, pour sûr!

— Le lait qui a tourné ne peut plus redevenir doux.

— Pourtant si! quand on l'a fait cuire pour en faire du fromage.

Et la jeune fille de s'esclaffer.

— Voilà ta mère qui arrive!

De suite elle reprit son air grave.

— Si de ma vie j'ai rencontré une bonne femme capable de bavarder autant, dit une voix aiguë et précipitée.

« Dépêche-toi maintenant, Baard ; lève-toi et va apprêter la barque. Pour sûr que nous ne serons jamais de retour chez nous cette nuit.

« La dame voulait que je fasse attention qu'Éli n'eût pas les pieds mouillés. Cristi ! Tu y feras bien attention toi-même ! Et tous les matins faire la promenade, pour combattre l'anémie! Anémie par-ci, et anémie par-là !

« Lève-toi donc, Baard, et va mettre la barque à l'eau.

« Et moi qui dois mettre la pâte à lever, ce soir !

— La caisse n'est même pas encore arrivée, dit-il; et il resta étendu tout de son long contre la colline en pente.

— Mais on ne doit pas l'apporter, la caisse ; elle doit attendre jusqu'à dimanche.

« Veux-tu m'écouter, Éli! Lève-toi!

Prends ton paquet de hardes et viens ! Mets-toi donc sur tes pieds, Baard ! »

Là-dessus elle partit. La jeune fille la suivit.

« Viens donc, à présent ; mais viens donc ! » entendit-on d'en bas de la colline.

— As-tu bien cherché la clef dans la barque ? demanda Baard, sans bouger de place.

— Oui ! Elle est dans la serrure.

Arne l'entendait maintenant qui essayait de la faire bien entrer jusqu'au fond en tapant dessus avec l'écope.

— Mais lève-toi donc, Baard ! Ou veux-tu que nous restions à coucher ici, cette nuit ?

— J'attends la caisse.

— Mais, mon ami, pour l'amour de Dieu ! ne t'ai-je pas dit qu'on la laisse jusqu'au prochain dimanche...

— Voici qu'on l'apporte ! dit Baard simplement.

On entendit en effet le bruit d'une voiture.

— J'avais pourtant dit qu'on la garde jusqu'à dimanche prochain.

— Et moi j'avais dit qu'on nous l'apporte ici.

Sans plus répliquer, la femme remonta jusqu'à la voiture et, se chargeant de la boîte aux provisions, d'un paquet de vêtements et de divers petits objets, elle les porta dans la barque.

Enfin Baard se leva, monta à son tour et emporta tout seul la caisse.

Mais derrière la voiture arrivait en courant une jeune fille. Sous son chapeau de paille ses cheveux flottaient librement.

C'était la demoiselle du presbytère.

— Éli ! Éli ! cria-t-elle à distance.

— Mathilde ! Mathilde ! fut-il répondu ; et l'autre courut à sa rencontre. Vite la pente fut gravie, et elles se rencontrèrent en haut de la colline. Elles s'embrassèrent avec effusion et leurs larmes se mêlèrent.

Puis Mathilde se baissa pour prendre quelque chose qu'elle avait posé dans l'herbe ; c'était une cage à oiseaux.

— Tu emporteras Narrifas, c'est décidé !

Maman l'a voulu comme moi. Tu n'as pas à dire non... Il faut que Narrifas reste avec toi,... il le faut, il le faut !... Et tu penseras souvent à moi, et souvent, très souvent, tu reviendras me voir avec la barque, tu le promets, n'est-ce pas ?

Et leurs larmes de couler de plus en plus fort.

— Éli ! Viens à présent, Éli ! Ne t'attarde pas là-haut ! dit une voix d'en bas.

— Mais je veux t'accompagner, moi ! s'écria Mathilde ; je veux t'accompagner, je pourrais coucher chez toi cette nuit.

— Oui, oui, oui !

Chacune avait maintenant passé son bras autour du cou de l'autre, et ensemble elles descendaient vers l'embarcadère.

Au bout de quelques instants, Arne aperçut la barque glissant silencieusement sur l'eau. Éli était debout à la poupe ; d'une main elle tenait la cage, de l'autre elle faisait des signes d'adieu. Mathilde était restée assise sur les gros galets qui servaient de jetée ; elle n'avait pas cessé de pleurer.

Tant que la barque continua son chemin sur l'eau, elle demeura assise au même endroit. La distance à franchir pour atteindre les maisons rouges de l'autre rive n'était pas bien considérable, et Arne ne quitta pas sa place non plus. Comme elle, il continua à suivre la barque du regard. Bientôt celle-ci s'enfonça dans la tache noire qui recouvrait une partie de la surface du lac ; il attendit encore jusqu'à ce qu'elle fût accostée. Alors il put distinguer leurs silhouettes reflétées dans l'eau. Et ce fut ainsi qu'il put suivre leurs pas quand ils s'approchèrent des maisons, et les voir entrer dans la plus belle de toutes. Il vit la mère entrer la première ; ensuite vint le père portant la caisse ; enfin la fille, la dernière ; du moins, à juger d'après leurs tailles, il ne devait pas se tromper.

Après un moment, la jeune fille sortit à nouveau et vint s'asseoir à côté de la porte, apparemment pour saluer une dernière fois la colline du presbytère avant que le jour ne fût tout à fait tombé.

Mais la fille du pasteur était déjà partie,

et comme il était assis là, seul, à regarder sa silhouette reflétée dans le lac tranquille, il se surprit à se demander : « Est-ce qu'elle ne peut pas me voir aussi ? Qui sait ? »

Il se leva pour partir. Le soleil était couché, mais le ciel était lumineux, d'un bleu très clair, tel qu'il est par les belles nuits d'été. Les vapeurs s'élevant du sol et des eaux enveloppaient de plus en plus les montagnes des deux côtés du lac, mais les sommets étaient dégagés et se regardaient librement.

Il était maintenant arrivé sur la hauteur et, de là, les eaux paraissaient plus sombres encore, plus profondes et comme plus épaisses. Là-bas, au fond, la vallée n'avait plus autant de profondeur, mais paraissait s'être rapprochée du lac. Les montagnes s'étaient massées et formaient devant son regard un tout de plus en plus compact, la lumière du soleil n'étant plus là pour en dessiner les séparations. Le ciel lui-même descendait plus bas et tout devenait ainsi plus amical et plus intime.

VIII

Des visions d'amour et de féminins attraits commençaient à se glisser dans son imagination. Les chants héroïques et les vieilles légendes les évoquaient en un mirage léger comme l'avait été l'image de la jeune fille à la surface des eaux.

Sans cesse son regard se fixait au loin, et depuis ce soir-là le désir d'en exprimer la hantise parmi le rythme des vers ne le quittait plus. Depuis lors ces visions ne s'étaient-elles pas en quelque sorte rapprochées de lui ? Mais sa pensée fuyait plus d'une fois... A la fin, elle revint un jour, porteuse d'une chanson où il ne se reconnaissait plus ; c'était comme si quelqu'un d'autre l'avait apprêtée en secret, et non pas lui :

> Venevil vint en dansant
> Au-devant de son amant ;
> Et son amant si haut chantait
> Que de partout on l'entendait
> Crier : « Bonjour ! »

A la Saint-Jean
> Les petits oiseaux chantent gaiement ;
> Les petits oiseaux chant.nnent,
> Ce ne sont que rires et danses,
> Musiques, cadences.
> « Jeune fille, as-tu tressé ta couronne ? »

> Elle en tresse une de fleurs bleues.
> « Mes beaux petits yeux ! »
> Il lance en l'air la couronne jolie.
> « Adieu, mon amie ! »
> Puis chante en courant à travers les champs :

> A la Saint-Jean, etc.

> Elle en tresse une encor
> De ses longs cheveux d'or.
> Puis elle lui tendit
> Sa bouche, et lui rougit.

> En tresse une blanche,
> Blanche comme lis.
> « A toi ma main droite,
> Ma main gauche aussi. »

> En tresse une rouge
> Con me son amour.
> Il prend les fleurs pourpres
> Et puis se détourne.

> En tresse de fleurs
> En tous lieux cueillies,
> Puis sanglote et pleure.
> L'amant prend les fleurs
> Et l'amant s'enfuit.

> Elle en tresse une variée :
> « Ma couronne de mariée. »
> Ses pauvres doigts en étaient las.
> Puis dit à son amant : « Mets-la ».
> Mais son amant n'était plus là.

> Tresse et tresse encore sans trêve
> Sa couronne de mariée.
> Mais la Saint-Jean est passée :
> Il n'est plus de fleurs qu'en rêve.
> Tresse avec ces fleurs de rêve
> Sa couronne de mariée.

> A la Saint-Jean, etc.

La première image d'amour qui traversa sa pensée fut ainsi d'une nuance sombre : la cause en était dans l'occulte mélancolie de son âme. Tous ses désirs et toute sa nostalgie avaient concurremment une double visée : de chérir quelqu'un de toutes ses forces, d'atteindre à une belle destinée, à quelque chose de grand. Et ces deux idées essentielles se fondaient en une seule.

A cette époque, il reprenait souvent le travail inachevé de la chanson *Par delà les hauts sommets*. Et pendant qu'il en modifiait l'allure ou changeait les paroles, il se disait à part lui : « L'heure sonnera quand même, l'heure où je me sentirai porté hors d'ici, au loin ; je continuerai à chanter jusqu'à ce que le courage m'en vienne. »

Au milieu de ses pensées de départ, il n'oubliait pas sa mère ; car il avait fini par trouver une consolation dans ce projet : aussitôt qu'à l'étranger il aurait pris pied, et que son assurance serait suffisante, il viendrait la chercher, lui offrir de vivre dans des conditions qu'il lui était interdit de rêver, et pour elle et pour lui, en ne quittant pas la maison et le pays.

Mais parmi ces projets et ses désirs si grands il y avait quelque chose de tendre, de fin et de vif qui se jouait, tantôt perçant, tantôt fugitif, enveloppant sa pensée ou la pénétrant, et comme il était maintenant devenu un vrai rêveur, ces subtiles sensations le dominaient bien plus encore qu'il ne le supposait lui-même.

Il y avait dans la contrée un homme joyeux, bien connu de tout le monde ; il s'appelait Ejnar Aasen. A l'âge de vingt ans il s'était cassé une jambe, et depuis lors il se servait toujours d'un bâton pour marcher. Ce qui n'empêchait pas de dire que l'on était assuré d'avoir un brin de rigolade quand on le voyait arriver en boitant et appuyé sur son bâton. L'homme avait d'ailleurs de l'aisance. Il y avait sur ses terres un grand bois de noisetiers. Et l'on savait bien que par une des plus belles journées d'automne, quand le soleil se décidait à être de la partie, un essaim de jeunes filles bien gaies se trouveraient réunies chez lui pour cueillir les noisettes. Dans la journée il y avait table ouverte et rien ne manquait en fait de boissons et de mangeailles ; le soir on dansait. Il était lui-même le parrain de la plupart des jeunes filles. La moitié des habitants du village avait eu la faveur de son parrainage ; tous les enfants l'appelaient simplement « Parrain », et petit à petit vieux et jeunes avaient pris l'habitude de ne jamais l'appeler autrement.

« Parrain » et Arne se connaissaient fort bien et Parrain aimait celui-ci à cause de ses chansons. Et il arriva cette année qu'il l'invita à faire partie de la réunion de la cueillette. Arne rougit et déclina cette invitation : il n'avait pas l'habitude de frayer avec les femmes, déclara-t-il.

— Il est temps que tu t'y habitues, alors ! répondit Parrain.

Cela fut cause que durant plusieurs nuits Arne resta sans sommeil. Un véritable combat se livrait en son cœur entre le désir de se rendre à cette réunion et la crainte qu'il en éprouvait. Mais il eut beau faire, beau réfléchir et se tourmenter, il fut tout de même l'unique célibataire au milieu de toutes ces jupes.

Il lui fut impossible de se dissimuler qu'il ressentait quelque déception ; ce n'était pas ces jeunes filles-là qu'il avait chantées, ce n'était même pas elles qu'il avait tant craint de rencontrer.

Elles menaient d'abord un tapage et une vie comme il ne lui avait jamais été donné de voir ; la première chose qui le frappa au delà de toute expression fut de constater qu'elles pouvaient éclater de rire à propos de rien du tout. Si trois riaient, il y en avait vite cinq qui riaient rien qu'à voir rire les trois premières. Toutes se comportaient comme si elles ne se quittaient jamais d'une semelle, et pourtant il y en avait plusieurs qui ne s'étaient jamais rencontrées avant ce même jour. Lorsqu'elles réussissaient à atteindre la branche après laquelle elles sautaient, cela les faisait rire et, si elles n'y parvenaient pas, cela les faisait rire aussi. Elles se battaient à propos du crochet avec lequel on suspendait les paniers ; celles qui victorieusement s'en étaient emparées riaient, et celles qui étaient restées sans crochet n'en riaient pas moins.

Parrain arrivait en traînant sa quille, le bâton levé, essayant de leur jouer tous les tours dont il était capable. Celles qu'il parvenait à toucher riaient parce qu'il les avait touchées, et celles qu'il ne parvenait pas à toucher riaient parce qu'il ne les avait pas touchées. Mais toutes sans exception riaient d'Arne parce qu'il avait gardé un air si sérieux et lorsque enfin il ne put faire autrement que de rire, alors elles éclatèrent parce qu'il avait dû rire tout de même à la fin.

Quand l'après-midi fut avancé, on alla s'asseoir sur un grand tertre, Parrain au milieu, et toutes les jeunes filles en cercle, autour. Elles examinèrent les environs avec curiosité. Le soleil leur envoyait des rayons obliques, bons et chauds encore, qui leur faisaient plisser les paupières ; mais elles ne s'en souciaient guère, cela ne les empêcha pas de se lancer mutuellement les cupules et les coquilles vides. Les noix épluchées furent généralement offertes à Parrain.

Parrain leur faisait des remontrances et agitait son bâton dans toutes les directions, car maintenant il voulait qu'elles racontassent quelque chose, et de préférence quelque chose d'amusant. Mais n'eût-il pas été plus facile d'arrêter une lourde voiture engagée sur une pente que de persuader à cette jeunesse de raconter des aventures ! Arne en eut de suite l'impression.

Parrain commença lui-même. Beaucoup cependant n'y prêtèrent seulement pas attention. On connaissait toutes ses histoires de longue date. Finalement elles cessèrent de bavarder et de faire du tapage, pour écouter. Avant de savoir au juste comment cela s'était fait, elles étaient toutes captivées par le récit, chacune prête à raconter de son mieux.

Et Arne était tout étonné en remarquant que les histoires qu'elles savaient raconter étaient aussi sérieuses que leurs attitudes d'auparavant avaient été empreintes de nonchalante gaieté. Et généralement leurs récits avaient trait à l'amour.

— Mais toi, Aase, tu en connais une de bonne ; je sais cela de l'année dernière, dit Parrain en se tournant vers une jeune fille d'accorte prestance, au visage bon et rond comme une pomme. Elle était pour l'instant occupée à refaire la tresse de sa sœur, plus jeune qu'elle, dont la tête penchée s'appuyait contre ses genoux.

— Il y en a plus d'une qui la connaît ici, je pense, répondit-elle.

— Va, raconte-la tout de même, firent les autres.

— Oh ! alors,... je ne serai pas longtemps à me faire prier, ajouta-t-elle.

Puis, tout en continuant à tresser les cheveux de sa petite sœur, elle fit son récit et chanta les airs :

« Il y avait une fois un gars qui gardait les troupeaux, bien qu'il eût depuis longtemps usé ses souliers d'enfant. Il aimait à conduire ses bêtes à proximité d'un large fleuve. Quand il arrivait sur les hauteurs, il trouvait un rocher en forme de promontoire surplombant le précipice, et ce rocher avait une saillie si forte que de là la voix pouvait aisément être entendue jusqu'à l'autre côté du fleuve.

Mais de l'autre côté il y avait précisément une jeune fille qui aussi gardait un troupeau. Toute la journée durant il pouvait la voir, mais il n'y avait aucun moyen d'aller jusqu'à elle.

Quel est ton nom, fillette au troupeau de moutons,
Toi qui sonnes du cor en faisant des chaussettes?

Il demanda ainsi bien des fois en vain ; enfin un jour lui vint une réponse :

Mon nom nage au milieu des eaux comme un
                                                    [canard.
Gars, pour venir à moi, traverse sans retard !

Mais le gars ne s'en trouva pas plus renseigné qu'auparavant et l'envie lui vint de ne plus faire attention à elle. Cela lui parut moins facile qu'il ne l'aurait supposé. Il avait beau mener son troupeau dans n'importe quelle direction, toujours il revenait au rocher en saillie. Le gars eut peur et s'écria :

Dis-moi quel est ton père et quelle est ta maison ;
Jamais je ne t'ai vue en allant au sermon.

Le gars commençait à croire que cela pouvait bien être une fée.

Mon père s'est noyé ; ma maison a brûlé
Et jamais au sermon l'on ne m'a vu aller.

Le gars n'était guère plus renseigné par ces paroles. Mais il passait maintenant ses journées sur le rocher ; la nuit il rêvait qu'elle dansait en rond autour de lui, cherchant à le frapper avec une énorme queue de vache chaque fois qu'il essayait de s'emparer d'elle. Bientôt tout sommeil le fuyait. Il lui était également impossible de travailler.

Enfin il était dans un état des plus misérable.

Que tu sois une fée ou bien simple bergère,
Réponds-moi, je t'en prie, exauce ma prière.

Mais il ne vint aucune réponse et il sut ainsi qu'elle ne pouvait être qu'une fée de la montagne. Il cessa de garder le troupeau, mais ne s'en trouva pas mieux qu'auparavant pour cela. Quoiqu'il pût entreprendre, et n'importe où il se trouvait, il ne cessait de songer à la fée si belle portant cor en bandoulière.

Puis, un jour qu'il était chez lui occupé à fendre du bois, une jeune fille traversa la cour ; avec son air preste, elle ressemblait à s'y méprendre à la fée. Mais à mesure qu'elle s'approchait il voyait bien que ce n'était pas elle. Il se mit à réfléchir longuement à ce sujet. Voilà la jeune fille qui s'approche de nouveau ! A quelque distance, c'était visiblement la fée, et il courut vivement à sa rencontre. Mais, aussitôt qu'il fut arrivé tout près d'elle, ce n'était plus la même.

Depuis lors, le gars pouvait faire ce qu'il voulait ; qu'il se rendît à l'église ou à une danse, ou à une autre réunion quelconque, n'importe où, il y voyait cette jeune fille aussi. Quand il était loin d'elle, il lui semblait que c'était la fée ; dès qu'il était à proximité d'elle, c'était une autre. Enfin il lui demanda sans ambages si c'était bien elle ou si ce n'était pas elle, mais pour toute réponse elle ne fit que rire en se moquant de lui.

— Autant vaut se précipiter à l'eau d'un bond que d'y entrer en rampant, pensa le gars ; et sans tarder il épousa la jeune fille.

La noce n'avait pas plus tôt été célébrée que le gars cessa d'aimer la jeune fille.

Quand il était loin d'elle, il la désirait, mais quand il était auprès d'elle il désirait une autre qu'il ne voyait pas. A la fin, le gars arriva à se montrer méchant envers sa jeune femme. Elle le supportait cependant et ne se plaignait pas.

Mais un jour qu'il était allé à la recherche des chevaux, il se trouva soudain près du rocher. Alors le gars s'assit et se mit à appeler :

Tu brilles dans mon cœur comme un rayon de
[lune,
Et tu flambes au loin comme un feu de Saint-Jean.

Le gars trouvait qu'il faisait bon d'être assis à cet endroit. Depuis lors il s'y rendait chaque fois que les choses allaient de travers à la maison. Quand il était parti, sa femme pleurait.

Un jour qu'il était assis sur le rocher, il aperçut soudain du côté opposé la fée qui se mit à sonner du cor.

O ma fée ! ainsi donc te voilà revenue.
Que le son de ton cor apaise ma tristesse !

Alors elle répondit :

Je sonne pour chasser les songes de ton âme,
Car le seigle pourrit dans tes blés négligés.

Cette fois-ci, le gars eut peur et rentra vite chez lui. Il ne tarda pas cependant à tant s'ennuyer auprès de sa femme qu'il retourna dans la forêt et revint s'asseoir sur le rocher. Et il entendit ce chant :

Tiens, c'est toi ! Je rêvais que tu venais ici.
Rattrape-moi ! — Derrière toi ! — Pas par ici !

D'un bond le gars fut debout et, comme il regarda en arrière, il aperçut une jupe verte parmi le feuillage des buissons, et il eut l'impression que celle qui la portait se sauvait déjà. Vite il s'élança à sa poursuite. Et alors commença une chasse éperdue à travers toute la forêt. Certes, aucun être humain ne pouvait rivaliser avec cette fée-là en rapidité. A bien des reprises il essaya de rompre l'enchantement en jetant du fer sur son chemin ; elle n'en continuait pas moins de courir devant lui.

Bientôt cependant elle commença à être fatiguée ; le gars s'en rendit compte par sa manière de poser les pieds. Mais il discernait aussi avec non moins de certitude, en voyant tous ses gestes, que c'était bien la fée en personne et nulle autre.

« Cette fois, tu seras à moi, pour sûr ! pensait le gars ; et tout d'un coup il se lança si vigoureusement en avant contre elle que tous deux, et lui et la fée, roulèrent très loin, jusqu'en bas des collines, avant de pouvoir s'arrêter.

La fée souriait cependant avec tant de charme que le gars ravi croyait entendre résonner les chants les plus suaves dans les monts irréels. Il la prit dans ses bras et elle lui parut d'une rare beauté, exactement comme, dans ses rêves, il aurait souhaité que le fût sa femme.

— Oh ! dis ! Qui es-tu pour être belle ainsi ? demanda le gars en la caressant ; et la tiède douceur de ses joues sembla parcourir tout son être en un ravissement inconnu.

— Mais voyons ! Mon Dieu ! Ne vois-tu pas que je suis ta femme ! dit-elle. »

Les jeunes filles riaient et se moquaient du gars, héros de cette histoire, tandis que Parrain, se penchant vers Arne, lui demanda s'il avait attentivement écouté le récit.

— Bon. Maintenant, c'est moi qui vais vous raconter quelque chose, dit l'une d'elles. Elle était petite, avec un petit visage rondelet, où se voyait un tout petit nez.

« Il y avait une fois un petit gars qui avait tant envie de demander une petite jouvencelle en mariage ; ils avaient bien l'âge de se marier tous les deux, mais leur taille était fâcheusement petite. Et jamais le gars ne trouvait assez d'audace pour faire sa demande à la jeune fille. Il allait se placer tout près d'elle quand on était à l'église, mais, s'il se décidait à parler, c'était toujours du beau temps qu'il faisait. Quand il y avait une danse, il ne manquait pas de l'invitèr et ils dansaient jusqu'à perdre le souffle ; mais, quand il s'agissait de parler, il demeurait muet comme une carpe. « Il faut que « tu apprennes à écrire ; alors tu n'auras « plus besoin de parler », se dit-il un jour à lui-même. Et le gars de se mettre à écrire. Il ne trouvait jamais son écriture assez

belle et il apprit à écrire pendant une année entière avant d'oser penser à la lettre. Lorsque enfin celle-ci fut écrite, il s'agit de la remettre sans que personne ne pût le voir. Un jour, le hasard arrangea si bien les choses qu'ils se trouvèrent un moment seuls tous les deux derrière l'église.

— J'ai une lettre pour toi, dit le gars.

— Alas, mon Dieu, répondit la jeune fille ; je ne sais pas lire !

Et voilà le gars pas plus avancé qu'avant.

Mais il s'arrangea pour entrer au service du père de la jouvencelle ; et depuis il ne la quitta plus d'une semelle pendant toute la longue journée. Un jour, cependant, il fut presque sur le point de retrouver son audace pour lui dire ce qu'il avait sur le cœur ; mais il n'eut pas plus tôt ouvert la bouche qu'une grosse mouche, volant, y pénétra. Et il ne put rien dire.

« — Pourvu que personne ne vienne me l'enlever ! pensait le gars avec terreur ; mais personne ne se présenta pour la lui prendre, puisqu'elle était si petite.

A la fin, il en vint un tout de même ; c'est qu'il était tout petit, lui aussi. Le gars s'aperçut bien quelles intentions l'autre nourrissait. Et lorsque les deux furent montés à la chambre supérieure, le gars se mit à guetter par le trou de la serrure. Voilà donc celui qui se trouvait à l'intérieur en train de faire sa déclaration.

« Oh ! la, la ! Quelle cruche je suis de ne m'être pas pressé davantage ! pensa-t-il.

« Celui qui se trouvait en dedans embrassa la jouvencelle à pleine bouche.

« Cela a dû lui sembler bon ! pensa le gars.

Mais celui qui se trouvait en dedans prit la jouvencelle sur ses genoux.

« Dans quel monde nous vivons, mon Dieu ! dit le gars ; et il se mit à pleurer.

La jouvencelle entendit ses sanglots et s'en fut jusqu'à la porte :

— Qu'est-ce que tu me veux encore, méchant gars, qui ne me laisse jamais en paix un moment ?

— Moi,... soupira-t-il, mais je voulais

seulement te demander la permission d'être garçon d'honneur à ton mariage.

« — Jamais de la vie ! Ce sont mes frères qui seront mes garçons d'honneur, répondit la jouvencelle en faisant claquer la porte.

« Et voilà le petit gars éconduit ! »

Les jeunes filles rirent tant et plus de cette histoire et jetèrent des masses de cupules et de coquilles pendant quelque temps.

Parrain voulait qu'Éli Boën racontât aussi quelque chose à son tour. Oui, parfaitement ! il n'y avait pas à chercher des échappatoires ; elle n'avait qu'à raconter ce qu'elle lui avait déjà raconté là-bas, sur la colline, la dernière fois qu'il avait été chez eux, le jour où elle lui avait fait cadeau d'une paire de jarretières neuves. Cela prit un certain temps avant qu'Éli se décidât, car elle ne cessait pas de rire, mais enfin elle commença :

« Une jeune fille et un gars suivaient côte à côte la même route.

— Non, mais regarde donc le merle qui ne nous quitte pas, dit la jeune fille.

— C'est moi qu'il suit, répondit le gars.

— Cela pourrait aussi bien être moi, lui dit la jeune fille.

— Il sera bien facile de nous en rendre compte, déclara le gars. Toi, tu n'as qu'à prendre par le chemin d'en bas, et moi je prendrai par l'autre. Nous nous rencontrerons en haut de la pente.

Ils firent ce qu'ils avaient dit.

— Eh bien ! Est-ce qu'il ne m'a pas suivi ? fit le gars, lorsqu'ils se furent rejoints.

— Mais pas du tout ! C'est moi qu'il a suivie, répondit la jeune fille.

— Il y en a donc deux !

Ils continuèrent à marcher un bout de chemin côte à côte. Jamais pourtant ils ne virent plus d'un merle. Le gars prétendit que l'oiseau volait de son côté. La jeune fille affirma qu'il volait du sien.

— Je me moque pas mal de ce merle, dit le gars.

— Moi de même, répondit la jeune fille.

Mais ils n'avaient pas plus tôt dit cela que le merle disparut.

— Ce coup-là, c'est de ton côté qu'il est parti, dit le gars.

— Eh bien, merci ! J'ai bien vu qu'il s'envolait de ton côté !

— Tiens ! le voilà revenu ! Regarde, à présent ! s'écria la jeune fille.

— En effet ! Et c'est de mon côté ! s'écria le gars.

Mais voilà que la jeune fille se mit en colère.

— Ah ! mais non ! que la peste m'emporte si je continue à marcher avec toi ! fit-elle.

Et elle le quitta pour suivre seule une autre route. Mais au même instant le merle disparut aux yeux du gars. Et il lui semblait que maintenant il s'ennuyait si fort que tout à coup il se mit à lancer des appels.

Elle lui répondit.

— Le merle est-il avec toi ? cria le gars.

— Non ! mais est-il avec toi ? demanda-t-elle de même.

— Hélas ! non. Il faut que tu reviennes, alors il reviendra peut-être aussi.

Et la jeune fille retourna auprès de lui. Ils se prirent par la main et marchèrent côte à côte.

— Quivite, quivite, quivite, quivite, entendit-on du côté de la jeune fille.

— Quivite, quivite, quivite, quivite, quivite, quivite, quivite, quivite, quivite, entendit-on maintenant de tous les côtés ; et quand ils regardèrent ils purent voir qu'il y avait bien cent mille millions de merles tout autour d'eux.

— Non, combien c'est étrange ! dit la jeune fille en tournant ses yeux vers le gars.

— Oh ! que Dieu soit loué ! dit le gars en caressant la joue de la jeune fille. »

Toute l'assemblée jugea cette histoire très jolie.

Parrain eut alors l'idée de leur proposer de raconter tour à tour ce qu'elles avaient rêvé dans la nuit : après cela il jugerait qui, parmi elles, avait fait le plus beau rêve.

En voilà une idée faite pour les troubler ! Raconter devant tout le monde ce qu'elles avaient rêvé ! Non, et non, et jamais ! Il y eut des rires et des chuchotements à n'en plus finir.

Mais au bout de quelque temps chacune commença à insinuer qu'elle avait fait précisément cette nuit-là un si beau rêve ! Elles n'étaient d'abord que quelques-unes, mais bientôt aucune ne voulait rester en arrière. Les unes pouvaient bien prétendre avoir fait de beaux rêves; ceux que les autres avaient faits ne le cédaient en rien, certes; bien au contraire, ils dépassaient en beauté tout ce que les premières pouvaient imaginer.

Ainsi toutes finirent par montrer une grande envie de faire connaître leurs rêves respectifs. Seulement, il ne saurait être question de les raconter à haute voix; on voulait bien en faire le récit à une seule personne, toutefois cette personne ne devait en aucun cas être « Parrain » !

Arne était assis à côté du tertre aussi, et il paraissait à tel point doux et paisible et sans malice, que ce fut à lui qu'elles se risquèrent à faire leurs récits.

Arne s'en fut donc prendre place à l'ombre d'un noisetier. Celle qui avait déjà raconté la première histoire vint la première s'asseoir auprès de lui. Après avoir longuement médité, elle fit le récit suivant :

« Je rêvais que je me trouvais sur les bords d'un vaste lac. Tout à coup j'aperçus quelqu'un qui marchait sur les flots,... quelqu'un que je ne veux pas désigner,... et bientôt je le vis grimper sur un immense nénuphar; quand il s'y fut assis, il se mit à chanter.

« Mais je gagnai rapidement moi-même une des larges feuilles étendues à plat qui appartiennent au nénuphar et qui semblent nager à la surface. Une fois sur cette feuille, je me proposai de me rendre auprès de lui comme sur une barque. Je n'étais pas plus tôt parvenue jusqu'à la feuille que celle-ci commença à s'enfoncer, m'entraînant dans l'eau. J'eus grand'peur et mes larmes ne tardèrent pas à couler. A ce moment, il arriva vers moi, glissant dans son nénuphar,... il me souleva doucement et me plaça à ses côtés au beau milieu de la fleur; ensuite nous parcourûmes ensemble, dans toute son étendue, le lac si beau. N'était-ce pas là un joli rêve ? »

La toute petite qui avait raconté l'histoire des deux petits arriva maintenant auprès d'Arne.

« Je rêvais, dit-elle, que j'avais réussi à capturer un joli petit oiseau; j'en ressentais une grande joie et il me fut impossible de me décider à le relâcher avant d'être de retour chez moi. Mais, une fois de retour, je n'osai pas davantage le lâcher, car il pouvait bien arriver que mon père et ma mère exigeassent que je lui rendisse sa liberté complète. Je montai donc au grenier avec mon oiseau; mais là, je ne tardai pas à apercevoir le chat qui déjà décrivait des cercles comme guettant une proie facile. Je dus me résigner à ne pas lâcher l'oiseau encore. Alors je ne sus plus quoi faire dans ma détresse. Enfin je m'en fus jusqu'à la grange; hélas ! mon Dieu ! je n'y voyai que des ouvertures et des fentes par lesquelles mon prisonnier aurait pu fuir. Non ! il n'y avait rien à faire. Je retournai donc au milieu de la cour; et là je crus voir quelqu'un dont je ne veux pas dire le nom. Il était là, comme en passant, en train de jouer avec un grand, grand chien.

« — J'aimerais encore mieux jouer avec l'oiseau que tu tiens dans tes mains, dit-il en s'approchant très près de moi. Alors, il me sembla que je me mis à courir de toutes mes forces, lui et le grand chien me poursuivant; nous fîmes ainsi plusieurs fois le tour de la cour. Tout à coup, ma mère ouvrit la porte de la chambre; elle me saisit par le bras, me poussa dans la maison et referma vivement la porte. Le gars était resté dehors; je pus voir sa figure collée contre la fenêtre, et il me sembla qu'il riait.

— Regarde ! me dit-il, voici l'oiseau; et

pensez si je fus surprise, car, en effet, c'était lui qui tenait l'oiseau !

« N'est-ce pas que c'est un rêve extraordinaire ? »

Ce fut le tour de celle qui avait conté l'histoire de tous les merles. Arne avait entendu qu'on l'appelait Éli. C'était la même Éli qu'il avait entrevue certain soir dans la barque et dans la nappe miroitante de l'eau.

C'était bien elle telle qu'il se la rappelait, et pourtant ce n'était plus elle tout à fait, tant elle lui paraissait maintenant formée et belle, comme elle était là assise près de lui, le visage très fin et la taille élancée et souple. Elle riait avec tant de bonne humeur que cela prit quelque temps avant qu'elle pût se décider.

Enfin elle raconta :

« J'avais ressenti un si grand plaisir à l'idée de venir à la cueillette des noisettes ici aujourd'hui, que je rêvais cette nuit que j'étais déjà assise sur le tertre de ce bois. Le soleil brillait et j'avais mon tablier rempli de noisettes.

« Mais il y avait un petit écureuil qui s'était faufilé au milieu de mes noisettes. Le voilà assis sur mes genoux ; ses petites pattes de devant remuaient pendant qu'il grignotait mes noisettes les unes après les autres. Bientôt il n'en restait plus : il les avait toutes mangées.

« N'était-ce pas un rêve bizarre ? »

On lui raconta bien d'autres rêves encore, mais enfin l'heure vint pour lui de décider lequel était le plus beau entre tant de rêves.

Il lui fallut réfléchir beaucoup de temps et, pendant qu'il était ainsi occupé à établir la comparaison, Parrain entraîna tout l'essaim de jeunes filles vers la maison où il fut convenu qu'Arne les rejoindrait. Il les vit sauter en bas de la colline ; une fois arrivées en terrain plat, elles se disposèrent sur un rang, puis se mirent à chanter tout le long du sentier conduisant à la maison.

Resté en arrière, il pouvait mieux écouter de sa place leur chant. Les rayons du soleil tombaient maintenant au milieu de leurs rangs. Les manches de leurs chemisettes blanches étincelaient ; tantôt il y en avait une qui prenait sa voisine par la taille et, en dansant, elles traversaient le grand pré.

Parrain courait après elles, brandissant comme toujours son bâton et les grondant parce qu'elles y foulaient inutilement le regain.

Arne avait eu le temps d'oublier les rêves ; bientôt il cessa de suivre les jeunes filles du regard. Ses propres pensées s'étendaient sur la vallée à l'instar des fins fils du soleil qui se jouaient encore sur la plaine, et, délaissé qu'il était là-haut sur la colline, il tissait à nouveau sur la trame de ses rêves à lui. Avant de s'être seulement rendu compte comment cela était arrivé, il se trouvait au milieu de l'épais tissu de sa mélancolie.

Il avait une immense nostalgie vers ailleurs, et jamais il ne l'avait sentie avec autant de force qu'à ce même moment. Il se promettait fermement d'en parler à sa mère coûte que coûte dès qu'il serait de retour auprès d'elle. Tant pis si ce qui arriverait n'était pas conforme à leurs doubles désirs.

Ses pensées peu à peu gagnaient en force et en clarté ; elles le conduisaient insensiblement à sa chanson *Par delà les hauts sommets*.

Jamais les paroles qu'il cherchait n'avaient été plus promptes à lui obéir, jamais elles n'avaient été mieux disposées à se ranger harmonieusement selon ses convenances. Elles lui paraissaient presque alertes comme des jeunes filles assises autour d'un tertre au milieu des bois. Il avait un morceau de papier dans sa poche et, se servant de son genou comme d'une table, il se mit à écrire.

Lorsqu'il eut fini d'écrire et qu'enfin sa chanson se trouva achevée, il se leva comme délivré d'une angoisse qui longtemps avait pesé sur son cœur ; mais il se sentait néanmoins si peu disposé à se montrer sociable au milieu d'une multitude de jeunes gens qu'il préféra reprendre le chemin de sa maison. Il choisit un sentier à travers les bois, quoiqu'il sût que par ce chemin il ne serait pas rentré avant la nuit.

La première fois que, chemin faisant, il s'assit un instant pour se reposer, il voulut revoir sa chanson, pour se la chanter à lui-même dans la solitude de la forêt; alors seulement il s'aperçut qu'il l'avait oubliée à l'endroit même où il l'avait terminée.

L'une des jeunes filles vint le chercher sur le tertre près des noisetiers, mais il n'y était plus et elle ne trouva que la chanson oubliée.

IX

Il était pour Arne plus difficile qu'il ne l'avait supposé de dévoiler ses intentions à sa mère. Il faisait bien des allusions à Kristian et aux lettres promises qui jamais ne lui parvenaient. Mais sa mère se montrait dans ces occasions plus silencieuse que jamais et le plus souvent elle le quittait; pendant les jours suivants, Arne croyait remarquer qu'elle avait les yeux rouges comme quelqu'un qui a beaucoup pleuré. Un autre petit fait contribuait d'ailleurs à lui faire sentir que tout n'était pas dans l'ordre habituel, le fait que sa mère lui préparait des mets encore meilleurs que de coutume.

Un jour, il eut à se rendre dans la forêt pour rapporter une charge de bois. Il traversa les taillis pour gagner du temps, mais l'endroit où il se proposait d'abattre quelques branches solides était souvent fréquenté en automne parce qu'on y cueillait alors les airelles rouges pour la confiture. Arne venait de poser sa hachette et se disposait à enlever sa veste quand il aperçut entre les feuillages deux jeunes filles qui s'approchaient avec un seillot à baies. D'ordinaire il préférait se cacher que de se trouver en compagnie de jeunes filles, et il ne manqua pas de le faire encore cette fois-ci.

— Oh! oh! combien il y en a ici, Éli, Éli; combien il y en a!

— Oui, ma chérie, je les vois!

— Ne va donc pas plus loin! Ici il y en a de quoi remplir bien des mesures.

— J'ai cru entendre comme un bruissement dans les buissons...

— Oh! mon Dieu! est-tu folle?

Les deux jeunes filles, apeurées, s'étaient vite jetées l'un contre l'autre, chacune tenant l'autre par la taille. Elles demeurèrent longtemps sans faire aucun mouvement et retenant leur respiration.

— Ce n'était rien, dit l'une; mettons-nous à cueillir!

— Oui, je pense que nous pouvons cueillir sans danger.

Et elles commencèrent à cueillir les airelles qui couvraient le sol. Tout en allant et venant penchées sur les touffes, elles causaient.

— Ça a été bien gentil de ta part, Éli, de venir au presbytère aujourd'hui... J'avais grande envie de te voir! Mais n'as-tu rien à me raconter de ton côté?

— Je suis allée chez Parrain...

— Oui; tu me l'as déjà dit. Mais n'y a-t-il rien de nouveau au sujet de celui que tu sais?

— Tout de même, si!

— Oh! oh! Éli, est-ce vrai? Dépêche-toi de raconter!

— Il est revenu l'autre jour.

— Pas possible?

— Mais oui... Père et mère faisaient tous deux semblant de ne pas le voir; aussi, quand je l'ai aperçu, je suis montée au grenier me cacher.

— Continue! Est-ce qu'il t'a suivie?

— J'ai l'idée que père lui avait dit où j'étais... Il s'arrange toujours pour me jouer des tours désagréables, lui.

— Alors il est venu te trouver? Assieds-toi donc un peu, ici à côté de moi! Alors? il vint te rejoindre!

— Oui! Mais il ne me dit pas grand'-chose, tant il était timide.

— Dis-moi tout, entends-tu! chaque mot, chaque mot!

— Tu n'as pas peur de moi ? dit-il.

— Pourquoi aurais-je peur ? lui répondis-je.

— Tu sais ce que j'attends de toi, dit-il ; et il vint s'asseoir sur la caisse à côté de moi.

— Tout à côté de toi ?

— Puis il me prit par la taille.

— Par la taille ? Qu'est-ce que tu me dis là ?

— Je voulus naturellement me dégager, mais il ne me lâcha pas tout de suite.

« — Ma chère Éli,... » dit-il.

Elle se mit à rire et sa compagne rit aussi.

— Eh bien ? Eh bien ?

— Veux-tu être ma femme ? murmura-t-il.

— Ha ! ha ! ha !

— Ha ! ha ! ha !

Et toutes les deux à rire ensemble : Ha ! ha ! ha ! ha ! ha ! ha !

Mais leur rire ne pouvait pas durer indéfiniment. Lorsque enfin elles se furent tues, le silence dura un bon moment.

Puis la première hasarda une question, très bas et comme avec une nuance d'hésitation :

— Dis-moi... Tu n'as pas trouvé vilain de sa part de te prendre ainsi par la taille ?

Peut-être que l'autre ne répondit rien, peut-être que la réponse fut faite à voix si basse que l'on ne put rien en saisir ; peut-être aussi qu'un sourire fut destiné à contenir toute la réponse...

Au bout d'un instant, la première demanda encore :

— Et après ? Ton père et ta mère ne t'en ont pas parlé ?

— Père vint bien en haut, et son regard était tout le temps sur moi. Mais je me détournais autant que je le pouvais, car en me regardant il ne cessait pas de sourire.

— Et ta mère ?

— Oh ! Elle ne dit rien du tout ; seulement je voyais bien qu'elle s'efforçait d'être moins dure avec moi que d'habitude.

— Tu lui avais dit que tu ne voulais pas de lui.

— Naturellement.

De nouveau un silence prolongé s'établit entre les deux jeunes filles. A la fin, l'une dit :

— Écoute un peu !

— Oui...

— Crois-tu que quelqu'un viendra pour moi aussi ?

— Naturellement ! Bien sûr !

— Comment peux-tu croire cela ?

— Ah ! mais oui !

— Dis, Éli ! Et s'il voulait me prendre par la taille ?

Elle se cacha la tête entre ses mains.

Il y eut encore des rires et des chuchotements et des exclamations.

Puis les jeunes filles s'éloignèrent. Elles n'avaient vu ni Arne, ni sa hachette, ni sa veste, et il en était extrêmement content.

Quelques jours plus tard, il installa Canut des Hautes Terres comme petit métayer sous Kampen. « Comme cela, tu ne seras plus aussi seul ! » lui dit Arne.

Arne lui-même songea à prendre quelque occupation déterminée. Dès son plus jeune âge il avait appris à bien manier la scie, car il avait eu à travailler beaucoup au bon entretien des bâtiments et avait même effectué d'importants agrandissements.

Maintenant il avait envie de mettre à profit ses dispositions et de poursuivre l'exercice de son talent. Il se rendait compte que c'était une bonne chose d'avoir un métier déterminé. Ce qui ne lui ferait pas de mal non plus, ce serait de sortir un peu parmi d'autres gens. Peu à peu ses idées se transformaient d'ailleurs, tant et si bien qu'il lui arrivait parfois d'avoir comme un désir de se trouver au milieu des autres lorsqu'il était resté quelque temps seul avec lui-même.

Le hasard voulut qu'au cours de cet hiver-là on le demandât au presbytère pour l'exécution de certains travaux de menuiserie. Pendant le temps qu'il y séjourna, les deux jeunes filles se voyaient assez fréquemment. Quand il les voyait ensemble, Arne ne pouvait pas s'empêcher de se demander quel pouvait bien être le gars qui à cette heure sollicitait la main d'Éli Boën.

Un jour les circonstances avaient voulu qu'à l'occasion d'une excursion en voiture on le chargeât de conduire la demoiselle du presbytère et Éli. Il avait de bonnes oreilles, mais il lui fut tout à fait impossible d'entendre de quoi elles parlaient derrière lui. De temps à autre Mathilde lui adressait la parole ; Éli alors riait et se cachait la tête.

Ce fut ainsi que Mathilde lui demanda tout à coup s'il était vrai qu'il savait écrire des vers.

— Non, répondit-il du tac au tac. Alors toutes les deux se mirent à rire de plus belle, chuchotèrent un instant et recommencèrent à rire. A partir de cet incident, il ne se montra plus aimable et fit semblant de ne plus les voir.

Une autre fois il se trouvait assis dans la salle commune ; quelques-uns des domestiques avaient organisé une danse. Mathilde et Éli y vinrent toutes les deux pour regarder.

Dans l'encoignure où elles se tenaient, Arne les vit bientôt entamer une petite dispute.

Apparemment Mathilde proposait une chose qu'Éli ne voulait pas ; ce fut Mathilde qui l'emporta.

Elles vinrent donc toutes deux vers lui, et, ayant esquissé le salut cérémonieux de circonstance, elles demandèrent s'il savait danser. Il répondit « non », et alors elles tournèrent sur leurs talons, rirent à nouveau et s'en allèrent bien vite.

« Quel diable de rire continuel ! pensa Arne ; et il devint tout sérieux. Cependant il y avait au presbytère un petit garçon de dix à douze ans que ses parents avaient confié à la garde du pasteur et pour lequel Arne avait beaucoup d'affection. De ce gamin-là Arne apprit à danser dans les moments où personne ne pouvait les voir.

Éli avait un petit frère, à peu près du même âge que le pupille du pasteur. Les deux gamins étaient devenus de bons camarades, et jouaient souvent ensemble. Arne leur avait confectionné une luge, des skis, des pièges ; maintenant il leur parlait souvent de leurs sœurs, mais surtout d'Éli. Un jour le frère de celle-ci lui demanda de prendre davantage soin de ses cheveux qui souvent étaient fort en désordre.

— Qui t'a parlé de cela ?

— C'est Éli qui l'a dit ; mais elle m'a défendu de dire que c'était elle.

Quelques jours plus tard il lui fit faire par la même voie la prière de rire un peu moins.

Le gamin revint avec le message qu'il devrait bien rire un peu plus, lui !

Une autre fois le gamin voulait emporter quelque chose que lui, Arne, avait écrit. Arne ne s'y opposa pas et n'y attacha au demeurant aucune importance.

Au bout d'un certain temps le gamin crut faire plaisir à Arne en lui apprenant que les deux jeunes filles aimaient énormément sa façon d'écrire.

— Elles connaissent donc mon écriture ? fit-il.

— Mais oui ! C'était à leur intention que je demandai le papier l'autre jour.

Arne pria les deux petits de lui apporter quelque chose écrit par leurs sœurs. Bientôt ils le firent. Arne prit alors son gros crayon de menuisier et corrigea les fautes qu'elles avaient commises ; puis il dit aux gamins de placer le papier de manière qu'elles pussent le voir facilement. Mais il ne tarda pas à le retrouver lui-même dans la poche de son veston. On avait ajouté en bas cette phrase : « Corrigé par un fameux fumiste ! »

Ce fut précisément le lendemain qu'Arne termina les travaux au presbytère. Dès que tout fut en ordre, il prit congé et retourna chez lui.

Durant tout l'hiver il se montra d'une grande douceur envers sa mère : celle-ci ne put s'empêcher de faire cette réflexion qu'elle ne lui avait pas vu pareil dévouement depuis la triste époque qui avait succédé à la mort du père. Il ne demandait qu'à lui lire le sermon ou à l'accompagner à l'église, et sa bonté à son égard était attentive et constante. Cependant elle se doutait fort bien que c'était avec le secret désir d'obtenir son consentement lorsqu'il se serait décidé à partir, sans doute dès le printemps.

Puis arriva un jour un message de Boën : on lui demandait s'il voulait accepter d'y venir exécuter quelques travaux de menuiserie.

Arne se sentit tout déconcerté, mais acquiesça de suite, ne songeant même pas à prendre le temps de réfléchir.

Aussitôt que le messager fut reparti, sa mère lui dit :

— Tu peux bien être étonné, en effet. Une telle proposition de la part de Boën !

— Est-ce donc si extraordinaire ? demanda Arne, mais sans lever les yeux vers elle.

— De la part de Boën ! s'écria la mère encore une fois.

— Eh bien ! Pourquoi pas de cette maison-là aussi bien que d'une autre ?

Cette fois, il regarda furtivement dans la direction de sa mère.

— De Boën... et de la part de Birgit Boën ! C'était Baard qui assomma ton père et le rendit estropié pour la vie ; et cela à cause de Birgit.

— Qu'est-ce que tu dis là ? s'écria le fils à son tour ; c'était donc Baard Boën !

Le fils et la mère restèrent un moment à se regarder, hébétés. C'était toute une vie qui se déroulait devant leur imagination. Il y eut une minute où ils furent à même d'entrevoir le fil noir qui semblait tendu tout au long des événements.

Plus tard ils se mirent à parler de cette période de splendeur pour le père défunt, de l'époque où la vieille Éli Boën avait elle-même fait des propositions à Nils Le Tailleur au nom de sa fille Birgit et où il avait refusé le riche mariage. Ils passèrent tout en revue ensemble jusqu'à l'instant où Nils tomba à la renverse à la danse, frappé par Baard ; et tous les deux crurent découvrir que la faute de celui-ci avait été la moins grave. Mais ce n'était pas moins lui qui avait assommé le père, c'était lui, et nul autre !

« Est-ce que je n'ai pas encore fini avec les tourments venant de mon père ? » pensa Arne ; et au même moment il décida d'y aller.

Quand Arne arriva à proximité de Boën, — il traversa le lac à pied sur la glace, la scie passée à l'épaule, — il lui sembla que c'était une belle propriété. La maison avait l'air d'avoir été peinte à neuf, mais en même temps — était-ce parce qu'il avait lui-même un peu froid ? — elle lui donnait l'impression de quelque chose de bon et de chaud.

Il ne se dirigea pas tout droit vers la porte d'entrée, mais fit un léger détour et passa par le côté où se trouvait l'étable. Il y avait un petit troupeau de chèvres au pelage épais piétinant dans la neige et rongeant l'écorce de quelques branches de sapin. Un chien de berger courait de long en large sur le pont en bois conduisant de la cour à l'étage supérieur de la grange, et il aboyait comme si le diable allait pénétrer dans la propriété, mais aussitôt qu'Arne s'arrêta il cessa de donner de la voix et se laissa caresser complaisamment.

La porte de la cuisine, située sur le côté nord du bâtiment principal, s'ouvrit et referma à plusieurs reprises, et à chaque fois Arne tourna la tête dans cette direction ; mais c'était tantôt la fille chargée de traire les vaches qui rentrait et sortait des seaux, tantôt la cuisinière qui venait jeter quelques épluchures aux chèvres.

De la grange on entendait les coups précipités et réguliers de ceux qui battaient le blé ; à gauche, devant la remise, un petit valet de ferme était en train de fendre du bois. Derrière lui il y avait un gros tas de bûches bien rangées.

Arne posa sa scie contre le mur et pénétra dans la cuisine. Le sol en était recouvert d'un sable blanc et fin parsemé de branches de genévrier hachées menu. Aux murs, les casseroles de cuivre luisaient et des cruchons de grès s'étageaient en rangs serrés.

On était en train de faire cuire le repas principal du milieu du jour.

Il demanda à parler à Baard.

— On peut entrer dans la salle! répondit une des servantes; et elle montra du doigt la porte de communication.

Il en prit la direction. La porte n'était pas fermée avec un loquet, comme généralement dans les maisons qu'il connaissait, mais elle avait une belle poignée de cuivre jaune. La salle qu'il vit était très claire et ornée de peintures; une profusion de roses étaient peintes au plafond, les bahuts étaient d'un beau rouge avec le nom du propriétaire peint en lettres noires, le bois du lit également, mais avec des raies bleues aux bords et aux angles.

Près du poêle était assis un homme aux épaules larges, au visage très doux, aux cheveux longs et jaunâtres; il était occupé à cercler quelques petits barils. Une femme était assise devant la longue table; elle avait un bonnet de lingerie sur la tête; sa taille était élancée et elle paraissait grande dans les vêtements qui dessinaient ses formes.

Elle était en train de séparer de l'orge en deux tas. En dehors de l'homme et de la femme, il n'y avait pas d'autres personnes dans la salle.

— Bien le bonjour et que Dieu bénisse le travail! dit Arne poliment en ôtant sa cas-quette.

Tous les deux levèrent la tête. L'homme sourit et demanda qui était le visiteur.

— C'est celui qui vient pour travailler à la scie.

L'homme sourit encore avec bienveillance et répondit en penchant à nouveau la tête pour reprendre son travail :

— Ah! C'est Arne Kampen!

— Arne Kampen! s'écria la femme; et son regard demeura fixe et vague.

L'homme leva encore une fois la tête un instant, et, souriant comme avant, il dit :

— Le fils de Nils Le Tailleur !

Puis il recommença à travailler.

Il y eut un court silence pendant lequel la femme se leva d'abord et alla vers l'éta-gère dans le coin, puis, se retournant, se dirigea vers le bahut, se retourna de nouveau; enfin, comme elle s'était baissée et fouillait dans le dernier tiroir, elle demanda, sans cette fois lever la tête :

— Est-ce qu'il doit travailler ici?

— Oui! il a à travailler ici, répondit l'homme également sans lever la tête.

Puis il ajouta en se tournant vers Arne :

— Mais personne ne songe à t'offrir un siège.

Arne se dirigea vers la banquette la plus rapprochée de la porte. Lorsque la femme fut sortie et comme l'homme ne cessait pas de travailler, il lui demanda s'il ne pouvait pas aussi commencer son travail.

— Nous pouvons peut-être bien dîner auparavant! fut la réponse.

La femme ne se montra plus pendant un moment. Mais quand la porte de la cuisine s'ouvrit ensuite, ce fut Éli qui apparut dans l'entre-bâillement. Elle se décida à entrer, mais fit d'abord comme si elle ne le voyait pas. Il se leva pour aller vers elle et la saluer, et alors elle s'arrêta et se tourna un peu de côté pour lui tendre la main; toutefois elle ne le regarda pas. Ils échangèrent quelques paroles. Le père continuait toujours son travail sans prêter aucune attention.

Elle avait les cheveux tressés et portait un corsage serré à la taille avec des manches étroites. Elle était svelte, élancée et droite, son poignet était rond et fin, sa main petite.

Elle se mit en devoir de mettre la table; les gens, les laboureurs prenaient leurs repas dans l'autre salle, mais Arne devait manger avec les patrons et la famille dans celle-ci. Car le hasard voulait que précisément ce jour-là ceux-ci devaient manger à part; d'habitude tout le monde se trouvait réuni pour le repas autour de la même table dans la cuisine vaste et claire.

— Mère ne vient donc pas? demanda le maître de céans.

— Non, elle vient de monter au grenier où elle doit peser les laines.

— Est-ce que tu l'as priée de venir?

— Oui, mais elle dit qu'elle n'a envie de rien pour l'instant.

Il y eut un silence.

— Il fait pourtant froid, au grenier !

— Elle n'a pas voulu que je lui fasse du feu.

Après le dîner, Arne commença à travailler. Au soir il se retrouva auprès d'eux. Et alors la femme se montra aussi. Elle et sa fille cousaient ; l'homme allait et venait, rangeant des choses. Arne l'aidait d'ailleurs. Le silence paraissait lourd, tant il durait longtemps. Éli elle-même, qui généralement devait donner le ton à la conversation, se taisait à présent. Arne pensait, non sans en ressentir quelque peine, que chez lui il en était souvent de même ; mais il avait l'impression étrange de ne s'en être jamais aperçu avec autant de netteté qu'à cette heure.

Tout à coup Éli poussa un soupir, signifiant à peu près qu'elle avait gardé le silence suffisamment longtemps, puis elle se mit à sourire. Alors le père sourit à son tour et, comme Arne trouvait que leur attitude à tous pouvait bien prêter un peu à rire, il s'y joignit, lui aussi. A partir de ce moment ils commencèrent à causer de choses et d'autres. Finalement ce fut surtout lui et Éli qui continuèrent à parler. Çà et là le père ajouta son mot. Mais une fois qu'Arne eut parlé un peu plus longuement il lui arriva de lever les yeux. Son regard se croisa avec celui de la mère Birgit ; celle-ci avait laissé tomber son ouvrage sur ses genoux et le fixait d'un air absent et vague. Fébrilement elle reprit l'ouvrage, mais aux premiers mots qu'il prononça il s'aperçut qu'elle levait de nouveau la tête pour le regarder.

Bientôt sonna l'heure d'aller se coucher et chacun s'en fut de son côté.

Arne tenait à se rappeler le rêve qu'il avait fait la première nuit dans un endroit où il n'avait jamais encore dormi ; mais dans son rêve il ne voyait aucune signification cette fois. Au cours de la journée il n'avait parlé que peu ou pas du tout avec le maître de la maison. Ce fut pourtant de lui seul qu'il rêva toute la nuit. La dernière chose qui s'était fixée dans sa mémoire était une vision où il voyait Baard attablé avec Nils Le Tailleur ; ils jouaient aux cartes et Nils était hors de lui de colère, sa figure en était toute pâle.

Mais Baard souriait et tirait les cartes de son côté à mesure qu'il gagnait.

Au commencement du séjour d'Arne à Boën, le travail prit presque tout son temps ; plusieurs journées s'écoulèrent sans qu'on eût l'occasion de dire grand'chose. Non seulement les maîtres, qui se réunissaient dans la salle principale, se taisaient la plupart du temps, mais les domestiques, les petits métayers, les servantes elles-mêmes, en faisaient autant. Dans la cour, il y avait un vieux chien qui aboyait chaque fois qu'il voyait un étranger venir ; mais aussitôt qu'on entendait le chien aboyer il y avait toujours quelqu'un des gens de la maison qui le faisait vivement taire.

Lorsqu'on le chassait ainsi du geste ou de la voix, le chien se bornait à gronder et retournait se coucher à sa place.

A la maison du Kampen on voyait en haut du pignon une belle girouette que le vent faisait sans cesse tourner. La girouette à Boën, qui était bien plus grande encore, attirait l'attention d'Arne surtout parce qu'elle demeurait immobile par tous les vents. Mais quand le vent devenait particulièrement violent, la girouette s'agitait si fortement pour se libérer qu'Arne, intrigué, ne cessait pas de l'observer. A la fin, sa curiosité l'emporta et il grimpa sur le toit pour prêter aide et assistance à la girouette empêtrée. Il supposait qu'elle était rouillée sur ses gonds ou gelée, mais ce n'était pas le cas. On avait placé un bout de bois aminci dans les gonds pour empêcher la girouette de tourner. Arne enleva le bout de bois et le jeta dans la cour ; il heurta Baard qui passait par là au même moment. Le patron leva la tête.

— Qu'est-ce que tu fais là-haut ? demanda-t-il.

— Je donne la liberté à la girouette...

— Ne fais pas cela! Elle ne cesse pas de grincer dès que le vent la fait tourner.

Arne regarda en biais par-dessus le faîte de la toiture :

— Cela vaut tout de même mieux que de la voir immobile et empotée comme elle l'était.

Baard regarda en haut vers Arne et celui-ci pencha la tête pour voir Baard en bas. Baard sourit :

— Ne vaut-il pas mieux, pour celui qui ne peut pas s'empêcher de crier dès qu'on lui accorde la facilité de parler, ne vaut-il pas mieux pour lui de se taire ? J'ai toujours cru cela, moi !

Il arrive assez fréquemment qu'on se souvient de certaines paroles longtemps après qu'elles ont été prononcées, surtout lorsqu'elles n'ont été suivies d'aucune autre réflexion. Et ces paroles demeuraient dans l'esprit d'Arne tandis qu'il descendait avec précaution du toit, tout saisi par le grand froid qui régnait. Elles le poursuivaient encore lorsque, vers le soir, il s'apprêtait à rentrer dans la salle.

Éli se tenait là au crépuscule; debout près de la fenêtre, elle regardait par-dessus la glace qui couvrait la surface du lac luisante déjà au clair de lune. Il s'approcha de la fenêtre voisine et se mit à regarder comme elle au dehors. Au dedans, il faisait tiède et doux; au dehors, le froid s'accentuait.

La brise fraîche du soir balayait durement la vallée et secouait si violemment la couronne des arbres que les ombres projetées entre les rayons de lune paraissaient tout inquiètes et se mouvaient en tâtonnant et en serpentant sur la couche de neige. Tout là-bas, au loin, on voyait une lumière sortant d'une fenêtre du presbytère, tantôt rayonnante, tantôt réduite à un imperceptible point, puis étincelant et prenant des formes et des couleurs multiples, ainsi qu'il arrive lorsqu'on reste longtemps à fixer. En face se dressait la montagne, sombre paroi derrière laquelle l'imagination créait les aventures fantastiques, mais sur les plus hautes pentes les surfaces vêtues de neige reflétaient la lueur délicate de la lune. Le ciel laissait voir quelques étoiles, et tout au fond, près de l'horizon, on apercevait l'irradiation d'un embryon d'aurore boréale; mais la lueur tremblotante et incertaine ne parvenait pas à envahir l'espace.

A une petite distance de la fenêtre et tout près du lac, il y avait quelques arbres dont les ombres s'enchevêtraient continuellement, mais le grand frêne demeurait isolé, seul à écrire des arabesques à la surface des névés proches.

Rien ne troublait le silence, si ce n'était de temps à autre un grincement ululant, dont le bruit persistant et plaintif leur parvenait.

— Qu'est-ce que c'est? demanda Arne.

— C'est la girouette, dit Éli; puis elle ajouta plus bas, comme si elle parlait à elle-même : « Elle a dû être libérée de manière ou d'autre ».

Jusqu'alors Arne s'était reconnu un désir vague de parler, mais la force de le faire lui avait manqué. A présent il dit :

— Te rappelles-tu l'aventure des merles qui chantaient ?

— Oui.

— C'est vrai, ce fut toi-même qui la racontas! C'était une belle histoire!

Elle lui répondit d'une voix si douce qu'il crut l'entendre pour la première fois :

— Il me semble souvent que j'entends chanter, surtout au milieu d'un grand silence.

— C'est le murmure de ce qui en nous est demeuré du Bien, sans doute...

Elle regarda dans sa direction avec, au fond des yeux, une expression comme si elle estimait que ses paroles contenaient quelque chose de trop. Ils se turent aussi tous les deux par la suite. Mais au bout d'un temps elle lui dit, tout en dessinant du doigt sur la vitre :

— As-tu composé quelque chanson récemment ?

A cette question, son visage à lui s'empourpra; mais elle n'en vit rien. Aussi n'eut-elle aucune hésitation à lui poser une nouvelle question :

— Comment t'y prends-tu pour faire des chansons?

— Tu tiens donc beaucoup à le savoir?

— Pourquoi pas !

— Je me mets à observer, pour les saisir, les pensées que d'autres laissent s'envoler, répondit-il évasivement.

Elle se tut encore assez longtemps ; peut-être était-elle occupée à passer en revue quelques strophes connues d'elle pour se rendre compte si elle avait eu de telles pensées et si elle les avait laissé s'envoler.

— C'est étrange, dit-elle, comme se parlant de nouveau à elle-même et se remettant distraitement à tracer du doigt sur la vitre.

— Je composai une chanson la première fois que je t'aperçus.

— Où était-ce ?

— Aux environs du presbytère... le soir que tu en es partie... Je te voyais reflétée par les eaux du lac.

Elle rit, puis demeura immobile un instant ; enfin elle dit .

— Fais-moi entendre cette chanson !

Arne n'avait jamais eu auparavant l'idée de se laisser aller à rien de pareil. Cette fois, néanmoins, il se mit à lui chanter l'air :

> Venevil vint en dansant...

Éli l'écoutait avec une grande attention. Longtemps après qu'il eut fini, elle continua à se tenir immobile, à la même place.

A la fin elle ne put s'empêcher de s'écrier:

— Oh ! mon Dieu ! Combien elle me fait de la peine !

— Aussi, c'est un peu comme si ce n'était pas moi qui l'ai faite, cette chanson-là.

Il se sentait honteux à présent d'avoir osé la réciter, et ne comprenait pas du tout comment il en avait pu accepter l'idée seulement. Songeur il demeura, le regard perdu, dès qu'il eut achevé. Elle lui dit encore :

— Cela ne veut pas dire que tel sera mon sort, j'espère ?

— Mais non,... non, non... Après tout, c'est à moi seul que j'ai pensé.

— Est-ce donc que ton sort sera celui-là?

— Je ne sais pas,... mais je le ressentais

ainsi ce jour-là. En effet,... je ne suis plus à même de comprendre au juste pourquoi à présent,... mais il fut un temps où mon âme était si triste et si assombrie !

— C'est étrange... Et de nouveau son doigt écrivit sur la vitre.

Le lendemain, quand Arne rentra dans la grande salle pour le repas du milieu du jour, il alla se poster près de la fenêtre. Le temps était gris et triste au dehors ; mais à l'intérieur régnait une température agréable et réchauffante. Sur la vitre givrée il lut : « Arne, Arne, Arne » ; partout et en tous les sens son nom tracé d'un doigt léger dont la tiédeur persistante avait empêché le froid de se fixer.

C'était auprès de cette fenêtre qu'Éli s'était tenue la veille au soir.

Les jours suivants, Éli ne descendit pas dans la salle commune ; elle était souffrante. Depuis quelque temps elle n'avait d'ailleurs pas été très bien portante ; elle l'avait déclaré elle-même à maintes reprises et il était facile de le voir par toute son attitude.

X

Un jour ou deux s'étaient encore passés lorsque, en rentrant dans la salle, Arne raconta ce qu'il venait d'apprendre des gens pendant son travail au dehors : que Mathilde, la fille du pasteur, allait partir immédiatement pour la ville. Elle croyait elle-même que c'était une absence de quelques jours seulement, mais en réalité ses parents avaient décidé de la laisser dans la ville pendant une année au moins, peut-être deux. Éli, qui jusqu'alors n'avait jamais entendu parler d'un semblable projet, s'affaissa brusquement et s'évanouit.

Arne n'avait jamais vu quelqu'un s'évanouir et il fut très effrayé. Il courut chercher les servantes, celles-ci à leur tour appelèrent les parents qui ne surent où donner de la tête. Il y eut un va-et-vient général dans toute la maison ; tout fut sens dessus dessous jusque dans la cour où le chien de berger commença à aboyer en courant sur le petit pont de la grange.

Lorsque, un peu plus tard, Arne revint dans la salle, il trouva la mère Birgit agenouillée devant le lit ; le père était au chevet et tenait la tête de la malade. Les servantes couraient dans tous les sens, l'une à chercher de l'eau fraîche, l'autre fouillait dans une armoire pour trouver des gouttes et des médicaments que l'on y avait rangés, une troisième était en train de défaire la veste de la jeune fille qui la serrait au cou.

— Oh ! miséricorde divine ! se lamentait la mère ; comme c'est malheureux tout de même de n'avoir rien dit. C'est ta faute aussi, Baard ! C'est toi qui l'as voulu ainsi. Miséricorde divine !

Baard ne répondit rien.

— Je l'avais bien prévu, moi, ajouta-t-elle, mais jamais rien n'est fait de ce que je désire, miséricorde divine ! Tu es toujours si méchant avec elle, toi, Baard ! Tu ne sais rien de ce qui la tourmente, toi ! Tu ne sais pas ce que c'est d'être attaché à quelqu'un, toi !

Baard ne répondit encore rien.

— Elle n'a pas autant de force que d'autres, elle ; il y en a qui peuvent supporter leur chagrin, mais elle, elle en est tout de suite anéantie, la pauvrette, tant elle est chétive. Et maintenant plus que jamais, puisqu'elle est déjà si mal portante. Réveille-toi donc, réveille-toi, mon enfant chérie, ma petite Éli, entends-moi, et ne nous cause pas un pareil chagrin !

Mais alors Baard dit enfin :

— Ou bien tu te tais outre mesure, ou il faut que tu parles trop !

Il jeta un coup d'œil dans la direction d'Arne comme s'il n'eût pas souhaité que celui-ci pût entendre de telles paroles de reproche ou qu'il eût préféré de le voir s'en aller.

Mais puisque les servantes restaient dans la salle, Arne pensa qu'il pouvait bien rester aussi ; toutefois il s'approcha de la fenêtre.

Bientôt la malade reprit ses sens et commença à regarder autour d'elle et à reconnaître toutes ces figures familières. Cependant le souvenir de la cause de son évanouissement ne pouvait manquer de lui revenir en même temps. Elle cria : « Mathilde » et convulsivement elle éclata en sanglots avec des larmes si douloureuses que l'on eut à partager sa souffrance si l'on ne voulait pas quitter la salle.

La mère faisait tous ses efforts pour la consoler. Le père se plaça auprès du lit de manière à pouvoir être vu ; mais la malade leur lançait des regards chargés des plus amers reproches.

— Allez-vous-en, cria-t-elle tout à coup ; allez-vous-en, car je n'ai plus aucune affection pour vous ; laissez-moi, laissez-moi !

— Dieu du ciel, tu n'aimes plus tes parents, pauvre enfant, dit la mère.

— Non ! Je ne veux pas vous aimer, parce que vous êtes d'une si grande dureté à mon égard, et que vous m'enlevez la seule joie qui me reste en ce monde !

— Éli ! Éli ! ne dis donc pas des paroles aussi dénuées de tendresse, pria la mère avec toute sa bienveillance maternelle.

— Mais si, mère ! s'écria-t-elle, c'est maintenant qu'il faut que je les dise,... mais si, mère ! Vous voulez me marier avec cet homme horrible dont vous me parlez, et moi, je ne veux pas ! je ne veux pas ! Vous m'enfermez dans cette maison, où la seule joie qui me puisse venir est celle de penser au jour où je puis pour un instant la quitter. Puis vous m'enlevez Mathilde, la seule amie dont j'aie besoin et qui me réconforte ! Mon Dieu, qu'adviendra-t-il de moi, à présent que je n'ai plus Mathilde pour me consoler, à présent surtout que j'ai tant de choses, tant de choses auxquelles donner mon attention et que je n'ai personne à qui en parler.

— Pourtant tu y allais bien moins souvent depuis quelque temps, dit Baard.

— Qu'est-ce que cela pouvait faire, tant que je la savais là-bas, derrière sa fenêtre ! lui répondit la malade en pleurant d'une façon si touchante et si naïve qu'Arne éprouvait une sensation comme s'il n'avait jamais entendu pleurer auparavant.

— Mais tu ne pouvais même pas la voir là où elle était, dit Baard.

— Je voyais tout de même la maison, répondit-elle.

La mère ajouta sur un ton hargneux :

— Ce sont des choses que tu ne peux pas comprendre, toi !

Alors Baard ne dit plus rien.

— Maintenant, je ne pourrai plus jamais m'approcher de la fenêtre, soupira Éli. « J'y allais tous les matins... dès que j'étais levée... Le soir, au clair de lune, j'allais m'asseoir près de la fenêtre... C'est là que je me réfugiais chaque fois que je ne savais à qui m'adresser dans la détresse. Mathilde ! Mathilde ! »

Elle se tordait douloureusement sur le lit, et des larmes recommencèrent à la secouer convulsivement.

Baard s'assit sur un petit tabouret de bois, sans cesser de la regarder.

Mais la crise maladive d'Éli ne se calma pas aussi rapidement qu'ils l'avaient sans doute tous espéré.

Vers le soir seulement ils arrivèrent à se rendre compte qu'il s'agissait d'une maladie sérieuse qui demanderait du temps avant d'être guérie. Sans doute elle la couvait depuis de longs jours.

On fit appeler Arne pour qu'il aidât à la transporter dans la chambre haute qui était celle d'Éli. Elle ne se préoccupait plus de ce qui se passait, et restait complètement immobile, très pâle. La mère s'assit à son chevet. Le père demeura quelque temps debout au pied du lit sans pouvoir détourner ses yeux d'elle ; enfin il descendit se remettre à son travail.

Arne en fit autant. Mais ce soir-là, quand il fut sur le point de se mettre au lit, il pria Dieu pour elle, lui demandant que, jeune et belle comme elle l'était, elle eût du bonheur sur la terre, et qu'il ne fût donné à personne de pouvoir retrancher de sa vie la moindre joie.

Le lendemain, le père et la mère se trouvaient réunis dans la salle, en train de causer gravement, quand Arne entra. Il était visible que la mère avait beaucoup pleuré.

Arne demanda si les nouvelles étaient meilleures. Les parents, embarrassés, semblaient tous les deux attendre que l'autre fît la réponse. En conséquence, il se passa un moment avant qu'on lui répondît. Mais le père se décida enfin à dire :

— Cela va plutôt mal !

Arne n'apprit que plus tard qu'Éli avait eu le délire pendant toute la nuit, ou que, selon l'expression du père, elle avait parlé en dépit du bon sens toute la nuit.

A présent elle était terrassée par la maladie, ne reconnaissait plus personne et refusait toute nourriture. Les parents en étaient arrivés à se consulter pour savoir s'il n'y avait pas lieu de faire venir un médecin.

Lorsque, au bout de quelque temps, ils furent remontés auprès de la malade, Arne, qui était demeuré seul assis dans la salle, ne put se défendre contre une étrange sensation : il lui semblait que là-haut se trouvaient à cette heure et la vie et la mort, et lui il était resté en dehors.

Cependant, après quelques jours il fut manifeste qu'elle allait mieux. A un moment donné, comme le père avait le rôle de garde-malade, elle eut la fantaisie de vouloir que Narrifas, l'oiseau qu'elle avait reçu en cadeau de Mathilde, fût placé devant elle, au pied du lit.

Baard lui dit alors, ce qui était la stricte vérité, qu'au milieu de toutes les préoccupations sérieuses que tout le monde avait eues à la ferme ces jours derniers, on avait oublié de prendre soin de l'oiseau qui était tombé roide mort.

La mère fit à cet instant son entrée et entendit dès la porte ce que Baard était en train de raconter. Immédiatement elle lui cria :

— Hélas ! mon Dieu ! mon Dieu ! Quel hurluberlu tu es, toi, Baard, de raconter cela à cette pauvre enfant. Regarde donc un peu ! La voilà qui s'évanouit encore une fois sous tes yeux. Que Dieu te pardonne tous tes torts !

A chaque fois que la malade revenait un peu à elle, elle se mettait à crier et à demander l'oiseau, leur disant que certainement Mathilde aurait des malheurs puisqu'on l'avait laissé périr ; puis elle voulait qu'on la mît en présence de Mathilde et retombait évanouie de nouveau sur les coussins.

Baard restait là, hébété, à regarder, mais, quand il vit que cela allait tout à fait mal, il voulut faire quelque chose pour y remédier selon son pouvoir. Mais la mère le repoussa dédaigneusement, disant qu'il valait mieux qu'elle fût seule à soigner sa fille malade. Baard les regarda encore toutes les deux pendant un long moment ; enfin il rajusta sa casquette des deux mains, tourna lentement sur ses talons et quitta la chambre.

Un peu plus tard, le pasteur et sa femme arrivèrent à la ferme. La maladie s'était sensiblement aggravée et bientôt l'état de la pauvre fille était si précaire que l'on ne savait plus si la vie ou la mort allait l'emporter dans la lutte.

Et le pasteur et sa femme firent des remontrances à Baard, lui disant qu'il traitait son enfant avec trop de dureté ; l'incident à propos de l'oiseau leur fut naturellement rapporté et le pasteur lui déclara tout de go qu'une pareille conduite était indigne et grossière. Il voulait d'ailleurs prendre l'enfant chez lui, dit-il, aussitôt qu'elle serait assez rétablie pour pouvoir supporter la fatigue du transport. Finalement, la femme du pasteur se refusa à le voir ; elle ne fit que pleurer, assise au chevet de la malade, puis s'inquiéta du médecin, se chargea elle-même des ordonnances qu'il avait laissées. Par la suite, elle ne cessait de venir plusieurs fois par jour à la ferme pour prodiguer ses soins.

Baard allait et venait tout seul dans la cour sans trouver de la quiétude nulle part, mais préférant de plus en plus la solitude.

Il restait debout et immobile durant de longs moments, puis tout à coup il rajustait sa casquette des deux mains et se mettait en devoir de faire quelque chose.

La mère ne lui adressait plus la parole. C'était à peine s'ils se regardaient maintenant. Deux ou trois fois par jour il montait auprès de sa fille malade ; alors il commençait par enlever ses souliers en bas de l'escalier, posait soigneusement sa casquette à côté de la porte, et ouvrait celle-ci en prenant garde de faire aussi peu de bruit que possible. Dès qu'il entrait, Birgit tournait la tête exactement comme si elle ne l'avait pas aperçu, et s'asseyait dans la même position courbée, tenant la tête entre ses mains et regardant fixement soit tout droit devant elle, soit dans la direction de la malade. Celle-ci continuait à rester allongée, très pâle et immobile, sans conscience bien nette de ce qui se passait autour d'elle. Baard demeurait quelques minutes au pied du lit, sans faire le moindre geste, son regard allant de l'une à l'autre. Il ne prononçait toujours aucune parole. Aussitôt qu'il croyait voir la malade bouger comme sur le point de se réveiller de sa somnolence, il se hâtait de se glisser vers la porte avec les mêmes précautions que lors de son entrée.

Arne se disait souvent que depuis peu des paroles avaient été échangées entre le mari et la femme, entre les parents et leur enfant, paroles qui avaient longtemps couvé au fond de leurs âmes et qui ne seraient de longtemps oubliées. Il ressentait un désir nostalgique de quitter cette maison, mais il lui tenait au cœur de savoir auparavant ce qu'il en était de la maladie d'Éli.

Toutefois il lui serait assez facile de se renseigner à ce sujet même après son départ, se disait-il ; aussi s'en fut-il trouver Baard dès que l'occasion lui parut favorable et lui fit part de son désir de rentrer chez lui à Kampen : le travail pour lequel il avait été appelé était maintenant terminé.

Baard était assis sur le billot dans la cour lorsqu'Arne vint l'entretenir de sa résolution. Il était presque accroupi et fouillait distraitement dans la neige avec un bout de bois.

Arne reconnut ce bout de bois ; c'était bien le même qui avait servi à immobiliser jadis la girouette.

Baard ne leva pas la tête, mais se borna à répondre :

— C'est qu'évidemment le séjour ici n'est plus très agréable... Cependant je sens comme si de mon côté j'avais le désir de te voir rester encore un peu avec nous.

Et Baard n'en dit pas davantage. Arne ne put qu'imiter son exemple ; il resta devant le maître de la maison un bout de temps, puis s'en alla dans un coin de la cour et commença quelques petits rangements, montrant par là qu'il considérait comme une affaire décidée qu'il resterait encore à la ferme.

Plus tard, lorsqu'on appela Arne pour le repas du soir, Baard était encore assis sur le billot. Arne s'en fut alors de nouveau auprès de lui pour demander comment Éli se portait ce soir-là.

— Aujourd'hui il me semble que cela doit aller de mal en pis, répondit Baard ; je m'aperçois que sa mère pleure.

Arne eut la même impression qu'il aurait eue si quelqu'un l'avait invité à s'asseoir ; et il s'assit en effet juste en face de son patron sur le tronc d'un arbre renversé.

— J'ai pensé à ton père bien des fois au cours de ces derniers jours, fit Baard d'une façon si imprévue qu'Arne ne trouva rien à répondre.

— Tu n'ignores pas, je pense, ce qu'il y a eu entre ton père et moi, ajouta-t-il.

— Non, je le sais.

— Somme toute, tu ne sais qu'une partie, ainsi qu'il est naturel, et tu me charges sans doute d'une bien grande faute.

Au bout d'un moment, Arne répondit :

— Tu as dû établir le compte de cette affaire avec le dieu en lequel tu crois, toi, de même qu'il est certain que mon père l'a fait de son côté à cette heure.

— Eh ! Quant à cela, il en est selon la manière que chacun a de l'envisager,

répondit Baard. Lorsque j'ai retrouvé ce bout de bois que tu vois là, j'ai eu une bien singulière impression en pensant que tu étais venu ici, que c'était toi qui avais rendu sa liberté à la girouette. Autant vaut tout de suite que plus tard, pensai-je.

Tout en parlant, il avait instinctivement retiré sa casquette, et maintenant il la tenait à la main, regardant au fond du creux formé par la coiffe.

Arne ne comprit pas tout de suite que sa dernière phrase signifiait que maintenant il tenait à lui parler de son père. Au fait, il ne le comprenait pas encore quand Baard commença, tant c'était peu conforme aux manières habituelles de celui-ci.

Mais il remarqua, à mesure que le récit se déroulait, tout ce qui avait tourmenté l'esprit de Baard, et si jusqu'alors il avait toujours eu de l'estime pour cet homme un peu lourdaud, mais foncièrement honnête, cette estime ne fut pas amoindrie à la suite de cet entretien.

— Je pouvais bien avoir dans les quatorze ans, si je me rappelle, lui dit Baard, s'interrompant, comme au cours de son récit, de temps à autre, ajoutant lentement quelques mots, puis s'arrêtant encore, ce qui donnait à ses paroles une empreinte d'être pesées une à une.

— Je pouvais donc avoir environ quatorze ans quand je fis la connaissance de ton père ; il avait à cette époque à peu près le même âge. Il était très turbulent et presque sauvage et ne pouvait tolérer que personne eût le moindre avantage sur lui...

« Il y eut une chose qu'il ne put jamais oublier, c'est que je fus le premier au catéchisme et qu'il ne parvint à être, lui, que le deuxième.

« Bien des fois je sentais qu'il brûlait d'envie d'entamer une lutte avec moi, mais ses idées, quoiqu'il ne les abandonnât point, n'aboutissaient jamais à aucun résultat. En attendant, ni l'un ni l'autre de nous n'était bien rassuré sur son propre compte.

« C'est même extraordinaire qu'il se battait pour ainsi dire tous les jours avec quelqu'un et qu'il n'en soit pas résulté de malheur... L'unique fois de ma vie que je me suis laissé aller,... tout se termina par contre aussi mal que possible,... mais il convient sans doute de ne pas oublier ceci : que j'avais attendu longtemps avant de frapper.

« Nils courait naturellement après toutes les jeunes filles de la contrée, et elles après lui, d'ailleurs. Parmi elles il n'y en avait au contraire qu'une seule à laquelle moi je fisse attention, et celle-là il me la prenait partout, à chaque sauterie, à chaque noce, à chaque réunion... C'était celle avec laquelle je suis marié à présent...

« Souvent, quand j'étais paisiblement assis dans mon coin, l'envie me venait de me mesurer avec lui à cause de cette affaire-là ; mais je craignais fort d'avoir le dessous, car je savais bien que du coup c'était elle que je perdrais...

« Quand les autres étaient partis, et que j'étais sûr d'être seul, alors je m'essayais à faire les mêmes tours de force que lui, je sautais et frappais de mon talon la même poutre au plafond qu'il avait frappée lui-même en dansant. Mais la première fois ensuite qu'il m'enlevait à la danse la jeune fille à laquelle je pensais, je ne me sentais plus le courage d'entrer en lice avec lui ; tout de même un jour, comme il était en train de faire des manières pour elle juste sous mes yeux, je hasardai un tour et, prenant mon élan, je frappai la poutre en passant, par plaisanterie, sans effort, en me jouant.

« Cette fois-là, il ne se fit pas faute de pâlir, je l'ai bien vu...

« Si seulement il s'était montré bon à son égard ! Mais est-ce qu'il songeait seulement à lui être fidèle ? Non ! Combien de soirs ne la délaissait-il pas pour d'autres ! Et je crois bien que, plus il se montrait détaché, plus elle tenait à lui.

« Vint le jour où tout cela prit fin. Je pensais dans mon for intérieur, cette fois-là, que maintenant la mesure était comble ; arriverait ce qui arriverait. Le bon Dieu ne voulut pas qu'il dépassât les bornes, faut

croire... et c'est pourquoi il tomba un peu plus lourdement que je ne le lui souhaitais...

« Depuis lors, je ne le revis jamais... »

Ils restèrent silencieux un bon moment.

A la fin Baard poursuivit son récit :

— De nouveau un jour je proposai le mariage...

Elle ne répondit ni oui ni non et j'imaginai alors que tout pourrait aller bien plus tard. Nous fûmes donc mariés ; on célébra la noce en bas dans la vallée, chez une tante qui l'avait instituée son héritière. Nous nous sommes établis avec des biens considérables, et ceux-ci n'ont fait que s'accroître depuis. Nos deux propriétés se trouvaient voisines et les voilà réunies comme je l'avais toujours désiré depuis mon enfance...

« Bien des choses cependant ne se réalisèrent jamais selon mes espérances ! »

Pendant longtemps il ne dit plus rien ; Arne crut voir qu'il pleurait à un moment donné. Ce n'était pas le cas. Mais sa voix eut des intonations plus douces encore que de coutume lorsqu'il reprit :

« Au commencement de notre mariage, elle se montra paisible et silencieuse, mais, après tout, très attristée également. Je n'avais rien à lui dire pour sa consolation et, en conséquence, je m'enfermai de mon côté dans un certain mutisme. Plus tard seulement elle commença à faire montre de ces dispositions à tout régenter que tu as sans doute pu remarquer depuis que tu es ici. C'était toujours une sorte de changement, et c'est pourquoi je continuai de me taire...

Mais quant à un jour de vrai contentement, je n'en ai pas connu depuis que je me suis marié... et je suis maintenant marié depuis une vingtaine d'années...

Il cassa le bout de bois en deux morceaux, mais il ne les jeta pas ; au contraire, il ne cessa pas de les regarder fixement pendant quelque temps.

— Quand Éli fut arrivée à un certain âge, je me dis qu'elle aurait plus d'agrément à se trouver parmi des étrangers qu'à rester toujours avec nous ici. Il est rare que j'aie fait montre d'une volonté arrêtée, moi-même ; la plupart du temps cela a d'ailleurs mal tourné. Ce fut ce qui arriva, cette fois encore. La mère ne s'en montra que plus ennuyée ; elle regrettait son enfant, bien qu'il n'y eût que ce petit bout de lac entre elles deux... A la fin, je crus m'apercevoir aussi que tout n'allait pas tout droit là-bas, au presbytère, non plus... Ces braves gens de pasteurs, avec leur bienveillance et leur bon cœur, sont tout de même trop extravagants pour de simples gens de la glèbe,... mais je ne m'en aperçus que lorsqu'il était déjà trop tard... A présent, je crois bien que la fillette n'aime plus ni père ni mère ».

Il avait de nouveau enlevé sa casquette. Ses longs cheveux étaient retombés jusque par-dessus ses yeux. De la main il en rejeta les mèches sur les côtés, puis il remit la casquette d'un geste décidé comme s'il avait l'intention de se lever et de s'en aller. Comme toujours il la rajusta soigneusement des deux mains.

Mais au moment de se lever il s'était tourné vers la maison ; son regard s'arrêta sur la fenêtre de la chambre haute et, avant de se diriger vers la salle commune, il ajouta :

—Je me figurais qu'il vaudrait mieux pour elle n'avoir pas à dire adieu à Mathilde ; les événements ont prouvé que j'avais grand tort. Je lui fis savoir que le malheureux oiselet était mort, car c'était un peu par ma faute et il me semblait plus juste d'en faire l'aveu ; mais à cette occasion aussi il fut évident que je me trompais. Et c'est ainsi pour toutes choses... Toujours j'ai l'intention de faire pour le mieux, en ce qui me concerne, mais il n'en résulte que les plus déplorables conséquences. Voilà où j'en suis arrivé, à présent ; et ma femme et ma fille ne savent dire de moi que ce qui équivaut aux pires incriminations, pendant que je vais et je viens, seul désormais avec mes propres pensées.

Une servante les appela, disant que pour l'heure le repas allait être tout refroidi. Baard fit quelques pas.

— J'entends les chevaux hennir, mur-mura-t-il ; il faut croire qu'on les a oubliés.

Et il se dirigea lentement vers l'écurie afin de leur distribuer leur ration de foin et d'avoine.

XI

Les forces d'Éli étaient épuisées par la maladie. La mère la veillait jour et nuit ; aussi ne la voyait-on plus jamais en bas. Le père venait comme d'habitude de temps à autre, sans souliers, à pas furtifs, posant soigneusement sa casquette à côté de la porte.

Arne était toujours à la ferme ; lui et le père passaient leurs soirées ensemble. Il en était arrivé à ressentir une grande affection pour Baard. Baard était un homme qui avait reçu une bonne instruction et beaucoup réfléchi par la suite, mais on aurait dit qu'il avait en quelque sorte une peur instinctive de ce qu'il savait. Il ne cachait pas sa gratitude lorsqu'Arne s'employait un peu à lui faire voir clair à travers le réseau de ses propres idées ou à lui faire connaître des choses qu'il avait ignorées jusqu'alors.

Après quelque temps, il fut permis à Éli de quitter le lit par moments et de rester assise sur un siège confortable ; et à mesure que son état de santé s'améliorait, elle faisait aussi connaître des caprices successifs.

Un soir, Arne était assis dans la salle au rez-de-chaussée, juste en dessous de la chambre où Éli était couchée ; il s'était mis à chantonner pour se distraire, et bientôt il se laissait aller à chanter ses chansons à haute voix. La mère descendit et vint demander de la part d'Éli s'il ne voulait pas monter un instant et chanter de manière qu'elle pût aussi distinguer les paroles.

Peut-être bien qu'Arne avait chanté ainsi à l'intention d'Éli, car la mère ne lui eut pas plus tôt fait part de sa commission, qu'il rougit et se leva de sa chaise, comme s'il était prêt à nier ce qu'il venait de faire, et cela en dépit de ce que personne ne lui en avait fait reproche.

Il se ressaisit pourtant très vite et répondit évasivement que ce qu'il savait chanter était bien peu de chose. Mais la mère ne se fit pas faute d'insinuer que cela n'avait pas l'air d'être si peu de chose quand il était seul.

Arne céda à ses instances et monta. Il n'avait pas revu Éli depuis le jour où il avait aidé à la transporter dans sa chambre; et il avait une appréhension de la trouver bien changée à présent. A cause de cela il éprouvait une sorte de crainte. Il ouvrit la porte avec grande précaution, mais, en franchissant le seuil, il vit que l'obscurité la plus complète régnait dans la chambre, à tel point qu'il lui fut impossible de distinguer quoi que ce soit. Aussi s'arrêta-t-il à côté de la porte.

— Qui est-ce? demanda Éli d'une voix claire et atténuée.

— C'est Arne Kampen, répondit-il en prenant grande attention de laisser à ses paroles une intonation molle et douce.

— C'est gentil de ta part d'être venu!

— Et où en est-ce de ta santé, Éli?

— Oh! merci, cela va mieux, à présent. Tu devrais bien t'asseoir un peu, Arne! lui dit-elle après un moment.

Arne tâtonna dans l'obscurité jusqu'à ce qu'il rencontrât une chaise qui était placée au pied du lit.

— Cela m'a fait tant de bien de t'entendre chanter...Tu voudras bien me chanter encore quelque chose pendant que tu restes ici en haut.

— Si seulement je savais quelque chose qui s'accordât avec les circonstances...

Il y eut un silence qui se prolongea quelque peu. Enfin elle lui dit simplement :

— Chante un cantique!

Il n'eut pas d'hésitation ; ce furent quelques versets d'un cantique de première communion qui lui étaient revenus à la mémoire qu'il chanta d'abord. Lorsqu'il eut fini, il put remarquer qu'elle pleurait, et cela l'empêcha naturellement de continuer. Mais peu après elle lui dit :

— Chante-m'en donc encore un dans le même genre!

Alors il en commença un autre : le cantique que l'on entendait le plus souvent à l'église, le dimanche.

— A combien de choses j'ai pu penser pendant que je suis restée couchée ici, dit Éli.

Il ne sut quoi répondre, tant il l'écoutait pleurer avec calme au milieu de cette obscurité profonde qui les enveloppait.

Contre le mur il y avait une horloge dont le tic tac continu martelait les secondes; soudain il y eut un grincement, le mouvement fut prêt à sonner l'heure. Tout de suite après, un timbre fit vibrer l'air de sons répétés et aigus.

Éli respira lentement à plusieurs reprises comme si elle cherchait à alléger sa poitrine. Ensuite elle lui dit :

— On sait si peu de chose... On a beau vouloir,... on ne connaît ni son père ni sa mère... Je n'ai guère été bonne pour eux non plus, et parce que j'y pense maintenant, cela s'accorde avec l'impression étrange que j'ai ressentie à écouter ce cantique de ma première communion.

Lorsqu'on parle dans l'obscurité, on a certainement une tendance à se tenir plus près de la vérité que lorsqu'on est à même de s'observer mutuellement le visage en plein jour; il arrive aussi qu'on se laisse aller à dire ce qu'on aurait pu taire autrement.

— Cela me faisait du bien d'entendre de telles paroles! dit Arne. Il songeait à ce qu'elle avait dit le jour où elle tomba malade. Elle le comprit et répondit.

— Si tout ceci n'était pas arrivé, Dieu seul peut savoir pendant combien de temps j'aurais continué à demeurer éloignée de tout ce qui préoccupait l'esprit de ma mère.

— Elle t'a parlé maintenant?

— Tous les jours! Elle n'a pas fait autre chose.

— Alors tu as dû entendre beaucoup de ce que tu ignorais auparavant?

— Tu peux t'en douter, bien sûr!

— Elle a dû te parler aussi de mon père à moi?

— Oui.

— Elle pense encore à lui des fois ?

— Elle pense à lui.

— Il ne s'est pas montré bon à son égard ?

— Pauvre mère !

— Il n'était surtout pas très bon envers lui-même.

L'un pensait à ce qu'il n'osait pas dire à l'autre ; tous deux hésitaient à prononcer les paroles qui le plus naturellement du monde leur venaient à l'esprit.

Éli fut la première à révéler une parcelle de ce qui la préoccupait.

— On prétend que tu ressembles à ton père, fit-elle.

— Les gens le disent, je crois, répondit-il évasivement.

Elle ne fit pas attention à l'accent de sa réponse ; c'est pourquoi, au bout d'un moment, elle lui demanda encore :

— Est-ce qu'il savait écrire des chansons, lui aussi ?

— Non.

— Chante-moi un air,... un de ceux que tu as écrits toi-même ! dit-elle alors.

Mais Arne n'avait pas l'habitude de reconnaître devant personne que tels airs qu'il chantait étaient issus de sa propre inspiration.

— Je n'en sais pas, répondit-il.

— Mais si ! Tu en connais bien, et tu les chanteras bien aussi, puisque je t'en prie !

Ce qu'il n'avait jamais fait à la prière de qui que ce fût, il le fit donc maintenant pour elle.

Et il lui chanta la chanson que voici :

Quand l'arbre eut vêtu sa feuillée
Et qu'il fut plein de boutons frais,
Vint à passer dame Gelée.
« Ah ! dit l'arbre en tremblant, poursuis ta route
[en paix,
Ne t'arrête pas, je t'implore :
Laisse à mes fleurs le temps d'éclore. »

L'arbre fleurit pour le bonheur des oisillons.
Le vent survint, environné de tourbillons.
« Ah ! dit l'arbre en tremblant, daigne épargner
[mes branches
Et l'espoir des doux fruits qui dort dans mes
[fleurs blanches.

L'arbre porta des fruits sous le brûlant soleil.
Vint à passer fillette au ris vermeil :
« Tes beaux fruits mûrs, arbre, puis-je les prendre ? »
Et l'arbre lui tendit ses fruits, sans plus attendre

Ce chant-là ne fut pas loin de couper la respiration à Éli. Aussi, à partir de ce moment, Arne demeura inquiet et trouble, comme s'il avait mis dans sa chanson plus qu'il n'eût souhaité.

L'obscurité pèse assez lourdement sur ceux qui s'y trouvent réunis et qui ne veulent pas donner libre cours au flot attendu des paroles ; jamais ils ne sauraient être davantage rapprochés par l'esprit.

Il suffisait qu'Éli se retournât aussi peu que ce fût dans son lit pour qu'il le remarquât ; il entendait si seulement sa main glissait sur la couverture, si une fois elle respirait un peu plus fort qu'avant...

— Arne ! fit-elle, ne pourrais-tu pas m'apprendre à composer des chansons ?

— N'as-tu jamais essayé ?

— Si, j'ai essayé ces jours-ci ; mais je n'arrive pas à assembler quelques pauvres mots.

— Qu'est-ce que tu as voulu mettre dans tes chansons ?

— Quelque chose à propos de mère, qui a tant aimé ton père.

— C'est un sujet triste.

— C'est pourquoi aussi j'ai pleuré en y pensant.

— Tu ne dois pas chercher les sujets ; ils viennent tout seuls.

— Comment viennent-ils ?

— Comme tout ce qui est cher, lorsqu'on s'y attend le moins.

Ils se turent tous les deux.

— Je suis étonnée à la pensée que toi, Arne, tu as la nostalgie de t'en aller, toi qui portes en toi tant de belles choses.

— Tu sais donc que j'ai cette nostalgie ?

Elle ne répondit pas à sa question, mais demeura silencieuse et comme absorbée par ses pensées. Enfin :

— Arne ! il ne faut pas que tu partes ! dit-elle ; et il fut touché par ses paroles comme de quelque chose de bon et de doux qui lui réchauffait l'âme.

— Il y a des jours où j'ai bien moins envie aussi...

— Ta mère doit avoir beaucoup d'affection pour toi... Il faut que je puisse rencontrer ta mère!

— Tu viendras là-bas à Kampen la voir, quand tu seras rétablie!

Et tout à coup il l'imagina assise dans la chambre claire de Kampen, regardant vers les sommets des montagnes; à cette pensée, sa poitrine commença à haleter, son sang afflua à sa tête.

— Il fait chaud dans ta chambre, dit-il; et il se leva.

Elle s'aperçut de ses mouvements.

— Tu veux donc me quitter déjà, mon ami? lui dit-elle; et il reprit sa place.

— Il faut que tu viennes nous voir ici plus souvent, désormais... Ma mère t'aime beaucoup.

— Ce n'est pas l'envie qui me fera défaut, fit-il; mais il faudra tout de même que quelque affaire m'y appelle.

Éli se taisait, un peu comme si elle réfléchissait à quelque moyen.

— Je crois, ajouta-t-elle plus lentement, je crois que mère a un service à te demander.

Il l'entendit s'asseoir dans son lit. Le silence était comme suspendu dans la chambre et aucun bruit n'y parvenait d'en bas; seul le tic tac de l'horloge résonnait toujours contre le mur. Alors elle s'écria avec ferveur :

— Ah! Dieu! si c'était bientôt l'été!

« Si c'était l'été! » Devant son imagination à lui se formait aussi une vision où apparaissait le feuillage humide de rosée et frais que traversaient les tintements de grelots au lointain, l'appel sonore sur les hauts plateaux, le chant joyeux dans les vallées, où enfin le lac noir s'étendait calme, caressé par les rayons du soleil, et berçant parmi les fines ondulations l'image reflétée des maisons heureuses.

Éli sortait et venait s'asseoir sur la rive au même endroit que jadis un soir...

— Si c'était déjà l'été, murmura-t-elle, et que je me trouve assise sur la colline, je crois bien que je pourrais chanter un air, à présent.

Il sourit et lui demanda :

— Et quel serait le sujet préféré que les paroles de ta chanson évoqueraient?

— Quelque chose de suave et d'éthéré, sans aucune rudesse,... quelque chose... oh! je ne sais pas moi-même...

— Dis-le pourtant,... Éli!

Sa joie prit soudain une telle force qu'il se dressa, mais la réflexion lui revint aussitôt et il se rassit.

— Je ne veux pas le dire pour tout au monde.

Elle sourit aussi.

— J'ai chanté pour toi lorsque tu m'as prié de le faire!

— Tu as raison, c'est juste! Mais non, oh! non!

— Éli, me crois-tu capable de me moquer d'une petite strophe écrite par toi?

— Non, je ne crois pas cela, Arne! Mais ce n'est pas quelque chose que j'ai moi-même composé.

— Est-ce donc fait par un autre?

— Oui, cela m'est venu d'ailleurs.

— Alors, rien ne t'empêche de me le faire connaître.

— Non, non, ce n'est pas tout à fait comme tu le supposes non plus, Arne. N'insiste pas pour me le demander, je t'en prie; pas maintenant.

Elle venait sans doute de cacher sa tête parmi les coussins, car il fut presque impossible de saisir les derniers mots de sa réponse.

— Éli, à présent tu n'es guère gentille avec moi... Tu n'es pas du tout envers moi comme je l'ai été envers toi! »

Il se leva de nouveau.

— Arne, il y a une grande différence; tu ne me comprends pas... Mais c'était une... je ne sais pas moi-même... une autre fois... Ne sois pas fâché contre moi, Arne! Ne t'en va pas!

Elle commença à pleurer.

— Éli, qu'est-ce que tu as, dis?

Il écouta, comme pour se rassurer.

— Tu souffres? Tu n'es pas malade?

Il dit cela instinctivement, sans le croire.

Elle continuait de pleurer. Quelque chose le força alors, lui semblait-il, de se mettre à marcher de long en large dans la chambre.

— Éli!

— Oui.

Ces mots furent échangés dans un souffle.

— Donne-moi la main!

Elle ne répondit pas; il écouta encore une seconde seulement, avec toute son attention tendue, puis il se rapprocha du lit, tâtonna sur la couverture et s'empara d'une petite main tiède qui demeurait là, abandonnée, sans défense.

Au même moment, ils entendirent l'escalier craquer sous des pas et leurs mains se séparèrent. C'était la mère qui apportait de la lumière.

— Vous restez bien trop longtemps dans l'obscurité, dit-elle en posant le chandelier sur la table.

Mais ni Éli ni lui ne purent supporter la lumière d'abord; la jeune malade mit la tête contre les coussins; lui, mit la main devant ses yeux.

— Eh! oui, cela gêne la vue un peu au commencement, dit la mère; mais cela ne tarde pas à disparaître.

Arne chercha un instant par terre la casquette qu'il n'y avait pas apportée, ensuite il s'en alla.

Le lendemain, il entendit les autres dire qu'Éli se proposait de descendre un peu dans la salle après le repas du milieu du jour.

Alors, il s'en fut ramasser ses outils et prit congé. Quand elle descendit, il était déjà parti.

XII

Tard le printemps parvient à se glisser entre les montagnes.

Le courrier postal parcourt la route royale jusqu'à trois fois par semaine en plein hiver, mais déjà au mois d'avril il n'y passe qu'une seule fois. Les habitants ont alors l'impression que plus loin, là-bas, les neiges sont dispersées, les glaces rompues, les bateaux à vapeur lancés sur leurs routes et les charrues poussées à retourner le sol.

Ici cependant la neige couvre encore tout à une hauteur de six pieds, le bétail mugit dans les étables, et les oiseaux qui ont hasardé le retour ont froid et se cachent.

Les rares voyageurs qui se montrent racontent qu'ils ont dû laisser les voitures attendre dans la vallée éloignée; quelquefois ils ont emporté des fleurs printanières qu'ils font voir aux montagnards, des fleurs cueillies déjà le long de la route.

Une vague inquiétude s'empare alors des gens; ils circulent comme poussés par une mystérieuse curiosité, échangent entre eux des propos de circonstance, regardent vers le soleil et vers l'horizon, comme pour voir chaque jour s'il a gagné en force depuis la veille. Ils se mettent à jeter des cendres sur la neige et ne cessent de penser à ceux qui maintenant peuvent déjà cueillir des fleurs.

Ce fut vers cette époque que la vieille Margit Kampen arriva un jour devant le presbytère. Elle avait fait la route à pied, et demandait maintenant à voir le pasteur; respectueusement elle le dénommait « le père ».

Elle fut sans retard priée de monter jusqu'à son cabinet de travail, et là le pasteur, un homme maigre, à la figure douce sous ses cheveux très blonds, la reconnut de suite, lui fit un accueil bienveillant et l'invita à prendre place.

— Est-ce qu'il s'agit encore d'Arne? lui demanda-t-il, comme si son fils avait déjà à plusieurs reprises fourni le sujet de leur entretien.

— En effet! Dieu nous garde! dit Margit. Et de lui il n'y a rien à dire qui ne soit en bien, ajouta-t-elle, et pourtant ce n'est pas sans peine, assurément.

Elle avait un air de plus en plus attristé.

— Serait-ce que cette nostalgie de partir le tourmente à nouveau? demanda le pasteur.

— Plus que jamais, répondit la mère. Je crains bien qu'il ne reste pas avec moi jusqu'à ce que le printemps soit venu chez nous.

— Il t'a pourtant promis de ne jamais te quitter.

— Bien sûr ; mais, mon Dieu, il lui faut décider pour lui-même. Et si sa pensée est d'aller au loin, il devra bien partir, à la fin. Qu'est-ce qu'il adviendra alors de moi ?

— Je persisterai néanmoins à croire, aussi longtemps que rien de définitif ne s'y oppose, cela s'entend, qu'il ne te quittera pas, dit le pasteur.

— Bien sûr! Mais puisque cela se voit bien qu'il ne se sent plus heureux à la maison! J'aurai donc sur la conscience d'avoir été un obstacle à l'accomplissement de son désir. Il y a des jours où la pensée me vient qu'il serait de mon devoir de le pousser moi-même à partir.

— Comment sais-tu que son envie de s'en aller, sa nostalgie de voir d'autres pays sont plus fortes qu'autrefois ?

— Oh! beaucoup de choses me l'ont fait comprendre. Depuis le milieu de l'hiver, il n'est pas allé travailler au dehors une seule fois. Par contre, il s'est rendu à la ville trois fois, et à chacun de ses voyages il a prolongé son absence plus que nécessaire. A présent, il ne cause pour ainsi dire jamais pendant qu'il travaille; autrefois il parlait volontiers à ces moments-là. Il lui arrive de passer de longues heures devant la petite fenêtre de la chambre haute et il ne cesse pas alors de regarder vers les montagnes de l'autre côté qui font face au précipice du Kampen. Il reste parfois ainsi tout un après-midi de dimanche, et souvent, quand il y a clair de lune, il y est encore assis jusque tard dans la nuit.

— Est-ce qu'il ne te lit jamais à haute voix ?

— Tous les dimanches il me fait la lecture, et il chante aussi pour moi, cela s'entend, mais c'est toujours comme s'il avait hâte d'en finir, excepté de temps à autre, et alors c'est au contraire comme s'il voulait en faire trop.

— Est-ce qu'il ne parle donc jamais avec toi ?

— Souvent il laisse passer tant de temps sans presque m'adresser la parole que je ne puis m'empêcher de pleurer à cause de cela quand je suis seule. Il s'en aperçoit sans doute et commence à vouloir s'amender ; mais il me parle toujours de choses sans importance et jamais de celles qui sont de quelque gravité.

Le pasteur marcha de long en large un instant ; tout à coup il s'arrêta et lui posa cette question :

— Pourquoi ne lui dis-tu rien toi-même ?

Quelque temps s'écoula avant qu'elle pût trouver la réponse. Elle soupira à plusieurs reprises, baissa les yeux, regarda à gauche et à droite, et se mit à plisser les coins du mouchoir qu'elle tenait à la main.

— Je suis venue ici aujourd'hui, fit-elle enfin, pour m'entretenir avec vous, mon père, d'une chose qui m'est d'un grand poids sur le cœur.

— Parle sans crainte et sans réticence ; ce sera un soulagement pour toi-même !

— Je sais que cela me soulagera, car voilà des années que je suis seule à traîner ma faute, et plus le temps passe, plus ce poids me devient lourd.

— De quoi s'agit-il, ma chère dame?

Il y eut un nouveau silence, après lequel elle déclara :

— J'ai commis une grave faute à l'égard de mon fils.

Elle commença à pleurer à chaudes larmes.

Le pasteur s'approcha d'elle, tout près.

— Confie-la-moi, dit-il, et alors nous pourrons ensemble prier Dieu que tu en reçoives pardon.

Margit sanglotait et s'essuyait les yeux, mais recommençait immédiatement à pleurer aussitôt qu'elle voulait entreprendre le récit. De cette façon, la confession méditée n'avançait guère.

Le pasteur s'efforçait de la consoler, disant qu'il était convaincu que son tort ne pouvait pas être aussi blâmable qu'elle le supposait, qu'elle regardait très probablement ses propres actes d'un œil trop sévère, etc.

Néanmoins Margit continuait de pleurer et ne trouvait pas la contenance pour dire ce qui tant la préoccupait, jusqu'à ce que le pasteur vint s'asseoir à côté d'elle, la comblant de bonnes paroles. Enfin, peu à peu elle commença à débiter quelques phrases :

— Le petit n'a pas eu une enfance heureuse, et c'est depuis cette époque que son esprit s'est tourné vers les grands voyages. Il rencontra alors ce petit Kristian, celui qui s'est fait maintenant une si grande fortune là-bas où on trouve l'or dans la terre. Kristian fit cadeau à Arne de tant de livres que notre fils finit par ne plus ressembler à nous autres, Ils restaient tout les deux ensemble, de longues nuits durant, à lire et à se parler, tant et si bien que lorsque Kristian fut parti, notre gamin voulut à toute force aller le retrouver. Mais ce fut vers ce temps-là que le père tomba pour ne plus se relever, et le petit me donna sa promesse solennelle de ne jamais m'abandonner. A partir de ce moment-là, j'ai toujours été comme une poule qui aurait couvé un œuf de cane; le rejeton n'eut pas plus tôt commencé à respirer qu'il eut envie de s'élancer à la vaste surface de l'eau du monde, et moi je restais en arrière à pousser des cris.

« Là où il ne pouvait atteindre lui-même, ses chansons atteignaient bel et bien; bientôt je m'attendais chaque matin à trouver son lit vide et mon enfant loin du nid.

« Ce fut alors qu'on me remit, un beau jour, une lettre venue de très loin et portant son adresse. Évidemment elle ne pouvait venir que de Kristian. Dieu me pardonne! je m'emparai de cette lettre et je la cachai.

« Je me figurais qu'avec cela ce serait fini, mais au bout de quelque temps il en vint une autre. Puisque j'avais caché la première, force me fut de cacher aussi la seconde.

« Dieu sait qu'il me semblait qu'elles allaient mettre le feu au fond de la caisse où je les avais serrées. Je n'eus plus un brin de tranquillité, toutes mes pensées tournaient autour de cette affaire-là depuis le moment où je sortais de mon sommeil jusqu'à celui où je fermais les paupières, le soir.

« Jamais on n'aurait pu s'imaginer quelque chose d'aussi terrifiant : il en arriva un jour une troisième. Je restai là à la garder dans la main pendant plus d'un quart d'heure.

« Pendant trois jours entiers je la portai dans mon corsage, ne cessant de me demander si j'allais la lui remettre ou bien la placer à côté des deux autres. Mais pouvait-on savoir si elle n'allait pas attirer mon enfant loin de moi et me séparer pour toujours de lui.

« Je ne parvenais pas à me défaire de cette pensée ; ma faiblesse eut le dessus et je la plaçai avec les autres. Me voilà prise d'une angoisse qui ne connaissait plus de bornes. Je craignais à la fois celles qui étaient dans la caisse et celles qui pouvaient encore me parvenir.

« J'avais peur de chaque individu qui se présentait à la ferme ; si nous nous trouvions tous les deux assis ensemble, je sursautais chaque fois que quelqu'un touchait à la poignée de la porte ; cela pouvait être une nouvelle lettre, n'est-ce pas ? et alors ce serait à *lui* qu'on la remettrait.

« Quand il allait au village et que je restais seule à la maison, je n'avais qu'une pensée dans la tête : s'il y recevait une lettre où il était question des lettres antérieures ! Lorsqu'il revenait chez nous, j'étais à épier sa figure à distance, et Dieu sait combien je me sentais soulagée, combien j'étais heureuse quand je le voyais sourire, car cela me rassurait en me donnant comme une preuve qu'il n'avait rien reçu.

« Il était devenu si beau garçon avec le temps, tout ressemblant à son pauvre père, mais avec un visage bien plus doux, un teint plus clair et des cheveux plus blonds ! Puis il avait aussi ce don extraordinaire de savoir faire des chansons et de les chanter comme personne.

« Quand il était assis sur le seuil de la porte, au moment où le soleil disparaissait, et que son chant s'élevait vers les monts abrupts, comme sollicitant la réponse de l'écho, alors je sentais bien dans mon cœur qu'il m'était à tout jamais impossible de vivre séparée de lui et de le perdre.

« Pourvu qu'il me fût donné de le voir, ou de savoir qu'il se trouvait quelque part dans les environs, non loin de moi, et qu'il avait un air à peu près satisfait si on le regardait, et qu'il voulût bien me dire une bonne parole de temps en temps seulement, je n'eusse eu plus rien à souhaiter sur cette terre et je n'eusse regretté sûrement aucune de toutes les larmes que j'avais versées.

« Mais juste au moment où je me disais qu'il se montrait un peu plus sociable et moins farouche au milieu des autres, une quatrième lettre arriva du bureau de poste, celle-là contenant deux cents thalers. Je crus bien que j'allais m'effondrer foudroyée sur place ! Qu'allais-je faire maintenant ? Garder la lettre était une affaire relativement aisée, mais la somme d'argent ? Pendant plusieurs nuits il me fut impossible de dormir, tant cet argent me tourmentait. Tantôt je le cachais au grenier, tantôt je m'en allais dans la cave le dissimuler derrière un vieux tonneau ; puis, dans ma désolation, je le plaçai bien en vue près de la fenêtre pour qu'il le remarquât. Mais dès que j'entendis ses pas, je le repris. A la fin je découvris un moyen : je lui remis la somme, disant que c'était une dernière partie de l'argent liquide laissé par ma mère. Il s'empressa de la mettre en lieu sûr, disant simplement que maintenant il n'y avait pas de danger de la voir s'envoler.

« Pourquoi fallut-il que précisément, au cours de cet automne-là, un soir que nous étions assis dans la salle, il se montrât surpris de ce que Kristian le laissait toujours sans nouvelles, en dépit de ses promesses !

« Il ne pouvait pas le deviner, n'est-ce pas ? mais ses paroles ne servirent qu'à réveiller mes tourments et mes remords. La pensée de cet argent me brûlait le cœur. C'était un péché que j'avais commis, et ce péché n'avait été d'aucune utilité.

« Une mère qui a eu un grave tort à l'égard de son enfant est bien certainement la plus malheureuse d'entre toutes les mères... Cependant je n'avais fait tout cela que par amour. C'est pourquoi je serai punie par la perte de ce qui m'est le plus cher. Car depuis le milieu de l'hiver il a retrouvé l'accent douloureux qui marque son chant quand sa nostalgie le tient ; je le lui connais depuis les jours de son enfance. Je ne puis l'entendre depuis sans pâlir. Et cela me donne aussi des forces pour entreprendre tout ce qui s'impose à mon esprit ; et j'ai apporté, afin que tu puisses juger, mon père, une chose que voici... »

Elle fouilla dans son corsage et sortit un petit morceau de papier, le déplia précautionneusement et le remit au pasteur.

— Voici quelque chose de ce qu'il écrit à ses heures de loisirs ; je crois bien que la note douloureuse s'y trouve. Je l'ai apporté parce que je ne puis plus lire une écriture aussi fine. Bon père, regarde s'il n'y parle pas de son désir de voyager loin d'ici !

Il n'y avait sur ce morceau de papier qu'une seule strophe en entier. A la place de la seconde on ne voyait qu'une ligne ou une moitié de ligne çà et là, dispersées et séparées comme s'il s'agissait d'une chanson qu'il avait oubliée et dont il ne se rappelait plus que par bribes, vers après vers.

La première strophe était celle-ci :

Ah ! que vais-je voir apparaître ?
Là-bas, par delà les sommets,
Mon œil n'aperçoit que des neiges
Et tout autour des arbres verts
Tout pleins du désir de bondir,
Qui sait ? et de partir aussi.

— Y est-il dit quelque chose au sujet du voyage ? demanda Margit, suspendue aux lèvres du pasteur, quand celui-ci répliqua :

— Oui, il s'agit du voyage en effet.

Il détacha son regard du petit morceau de papier, et alors elle reprit :

— Je le savais bien... Oh! mon Dieu! j'avais bien reconnu le ton qui revient dans ses chansons!

Ses deux mains s'étaient rejointes comme pour la prière et ses yeux ne cessaient d'implorer le secours du pasteur, agrandis par la crainte, attentifs, mais débordant de larmes qui sans cesse roulaient l'une dans le sillage de l'autre, le long de ses joues.

Mais en cette affaire le pasteur ne se sentait guère moins impuissant qu'elle.

— Je suppose que ton fils ne songe à prendre conseil de personne, dit-il, absorbé par ses réflexions; puis il ajouta : « La vie ne s'accommodera pas exprès pour lui paraître selon son désir. Tout dépend de sa propre force à y découvrir, sans aide peut-être, ce qu'il lui importe de trouver! Pour le présent il est tourmenté par une sorte de besoin de partir à sa recherche. »

— Mais, bon père, cela n'est-il pas comme l'histoire avec la vieille carquignoule, cela ? dit Margit.

— L'histoire avec la vieille carquignoule? questionna le pasteur.

— Oui, celle qui s'en alla par les chemins chercher la lumière du jour, au lieu de se tailler une fenêtre dans le mur de sa maison!

Le pasteur fut assez étonné en remarquant combien il y avait de perspicacité derrière ces paroles simples. Mais Margit en était coutumière, surtout quand il s'agissait de son fils; elle n'avait pas connu de sujet de réflexion qui l'absorbât davantage depuis quelque sept ou huit ans.

— Crois-tu qu'il se dispose à partir? Que dois-je faire, pauvre moi? Et l'argent? Et les lettres?

Toutes ces pensées se heurtaient à présent dans son cerveau et elle ne parvenait que difficilement à ne pas les brouiller.

— Oui, en ce qui concerne les lettres, nous ne sommes certainement pas dans la bonne voie. Il te serait difficile de te justifier d'avoir gardé par devers toi ce qui lui appartenait. Mais ce qui est pis encore, c'est d'avoir par tes actes semé la suspicion,... d'avoir permis ainsi à ton fils de croire que son ami a failli, quand celui-ci n'avait rien à se reprocher... Ceci est d'autant plus regrettable qu'il s'agit d'un camarade qu'il aimait par-dessus tout et qui partageait ses sentiments affectueux. Nous allons prier Dieu qu'il t'accorde le pardon de ta faute ; nous joindrons nos prières tous les deux.

Margit baissa la tête, accablée; ses mains avaient conservé l'attitude de la prière.

— Oh! combien volontiers j'implorerais son pardon, si je pouvais me dire seulement qu'il ne me quittera pas!

Apparemment, une légère confusion s'était établie dans son esprit entre le bon Dieu et Arne. Le pasteur, toutefois, fit semblant de ne pas s'en apercevoir.

— As-tu l'intention de faire sans aucun délai l'aveu de ta faute ? lui demanda-t-il.

Son regard plongea vers le sol, puis elle répondit d'une voix à peine perceptible :

— Si je pouvais le remettre encore pour un peu de temps, cela me donnerait tout de même une satisfaction !

Mais le pasteur, à cette réponse, sourit en détournant la tête afin qu'elle ne le remarquât pas et demanda :

— Ne crois-tu pas que ta faute se trouve aggravée si tu persistes à en retarder l'aveu ?

Elle manipulait nerveusement son mouchoir des deux mains, le repliant jusqu'à en faire un tout petit carré et essayant par la même méthode de le réduire encore, comme si cela l'aidait à diminuer son embarras ; à la fin, elle dut y renoncer, et alors elle dit :

— Si je lui avoue maintenant cette affaire avec les lettres, j'ai peur que pour le coup il ne s'en aille.

— Donc tu n'oses pas placer ta confiance entière en Notre-Seigneur ?

— Si, bien sûr, cela s'entend, répondit-elle, vite et sans hésitation ; mais immédiatement après elle ajouta plus bas : « S'il voulait s'en aller tout de même et me laisser seule ? »

— Il en ressort que tu crains davantage qu'il ne te quitte, que de persister dans le péché ?

Margit avait de nouveau développé son mouchoir ; à présent elle le porta à ses yeux et se mit à pleurer.

Le pasteur demeura quelque temps à la regarder ; ensuite il reprit :

— Pourquoi m'as-tu raconté tout cela, s'il n'était pas dans tes intentions que cela conduise à quelque chose.

Il attendit longtemps une réponse qui ne vint pas.

— Croyais-tu que peut-être ton péché serait moins grave quand tu me l'aurais révélé ?

— C'est bien cela que je croyais, fit-elle doucement, la tête penchée plus en avant encore contre sa poitrine.

Le pasteur sourit et se leva.

— Eh ! eh ! ma chère Margit, il te faut agir de manière à n'être pas privée de toute joie pour tes vieux jours.

— Pourvu que je puisse conserver celle que je possède. dit-elle. Et le pasteur eut l'impression qu'elle n'osait même pas envisager un plus grand bonheur que celui de continuer à vivre dans son angoisse sans répit.

Il souriait, tout en bourrant sa pipe.

— Si seulement il y avait quelque jeune fille par là, capable de se glisser dans son imagination ; tu verrais qu'il resterait bien !

Vite elle releva la tête et son regard ne quitta plus le pasteur jusqu'à ce que celui-ci se plaçât en face d'elle.

— Éli Boën,... par exemple ? Qu'est-ce que tu en penses ?

Elle rougit et baissa de nouveau les yeux, mais ne répondit rien.

Le pasteur, qui n'avait pas bougé de place, attendant toujours un mot en réponse, se décida à parler, cette fois sur un ton tout autre :

— Si nous pouvions arranger les choses un peu et faire qu'ils se rencontrent plus souvent, par exemple ici, au presbytère !

Ses yeux s'étaient faits tout petits pour regarder le pasteur ; évidemment elle cherchait à se rendre compte s'il avait esquissé cette proposition sérieusement. Mais il ne lui fut pas possible d'y croire tout à fait.

Le pasteur reprit sa marche de long en large, mais bientôt il s'arrêta.

— Écoute, Margit ! Après tout, c'était peut-être dans ce but-là que tu t'es décidée à venir me trouver aujourd'hui, n'est-ce pas vrai ?

Elle maintint sa tête baissée, glissa deux doigts dans le mouchoir replié et les sortit avec un des coins.

— Dieu me pardonne !... comme de juste... c'était bien cela que je désirais.

Le pasteur éclata de rire franchement et se mit à se frotter les mains.

— C'était peut-être cela aussi que tu aurais voulu me dire la dernière fois que tu es venue au presbytère ?

Elle tira sur le coin du mouchoir jusqu'à ce qu'il se fût allongé de plus en plus ; bientôt le coin était devenu le mouchoir tout entier.

— Puisque tu le dis maintenant, je suppose que c'était cela en effet et pas autre chose.

— Ha ! ha ! ha ! Ah ! Margit ! tu en as de bonnes, toi, Margit... Nous allons voir ce qu'il nous sera possible de faire, car... à ne te rien celer... ma femme et ma fille ont depuis longtemps déjà les mêmes pensées que toi.

— Est-il possible ? s'écria-t-elle, avec un accent à la fois si joyeux et si plein de honte que le pasteur prit un vrai plaisir à regarder ce visage où la droiture se lisait parmi les traits de belle régularité et où l'expression naïve et bonne demeurait en dépit de tant de chagrins anciens et de tant d'angoisse constante.

— Eh ! eh ! Margit, puisque tu réussis à préserver un semblable amour maternel, le pardon te sera sans doute accordé au nom de l'amour aussi bien de la part de ton fils que de la part de Dieu, quelque grave que soit ta faute. D'ailleurs n'as-tu pas déjà été punie par cette angoisse sans trêve comme sans limites qui a rempli ta vie?

« Nous allons voir, avec l'aide de Dieu, s'il n'y a pas moyen d'y mettre bientôt une fin, car s'il est consentant il nous prêtera bien son secours, maintenant».

Elle exhala un grand soupir d'abord, puis un autre, et encore un autre, avant de se lever de son siège. Ayant remercié le pasteur, elle fit un salut cérémonieux et s'en alla, saluant de nouveau au seuil de la porte.

Mais elle fut à peine sortie de la pièce qu'elle parut transfigurée. Elle leva son regard vers le ciel, avec une expression brève mais illuminée et rayonnante de gratitude, puis s'empressa de descendre l'escalier. Elle pressa de plus en plus le pas à mesure qu'elle s'éloignait davantage de la proximité des hommes. Depuis bien des années elle n'avait pas suivi la route conduisant vers Kampen avec des pas aussi légers que ce jour-là.

Lorsqu'elle fut parvenue assez près pour pouvoir distinguer la fumée légère et joyeuse qui sortait de la cheminée, elle ne connut plus que des paroles de bénédiction à l'égard de la maison, de toute la propriété, du pasteur et d'Arne, puis elle se rappela qu'il y aurait à dîner du bœuf fumé, et c'était là *son* mets préféré.

XIII

Kampen était une fort belle propriété. Elle était située au centre de la plaine qui s'étendait entre le précipice du Kampen d'un côté et le chemin conduisant au village de l'autre. La forêt épaisse longeait ce chemin ; à quelque distance, la pente s'accentuait et, en arrière de son plus haut point, les montagnes bleu sombre apparaissaient avec leur manteau de neige.

Du côté opposé au précipice du Kampen il y avait également une longue rangée de monts contournant d'abord le Lac noir presque tout entier jusqu'aux environs de Boën, s'élevant à sa plus grande hauteur en face du Kampen, mais fléchissant à partir de cet endroit pour donner plus d'espace à cette partie de la large vallée qu'on appelait le Bas-bourg et qui ne s'étendait pas au delà. Kampen était en effet la dernière ferme appartenant au Haut-bourg.

La porte principale du bâtiment d'habitation donnait du côté de la route ; il pouvait bien y avoir de cette porte jusqu'à la route quelques milliers de pas. Un sentier y conduisait, bordé de chaque côté par des bouleaux très rapprochés.

A gauche et à droite de la plaine cultivée il y avait encore des bois. Il était facile d'agrandir de ces deux côtés les champs et les prés contigus à la ferme. On pouvait sans crainte avancer que la propriété était d'un excellent rapport à presque tous les points de vue.

Il y avait aussi un petit jardin devant la maison. Arne l'entretenait de son mieux suivant les indications qu'il trouvait dans ses livres.

Un peu à gauche en avant de l'habitation se trouvaient les étables et divers autres petits bâtiments et dépendances. Ceux-ci étaient pour la plupart de construction récente et placés de manière à former un carré avec la maison d'habitation. Cette dernière était peinte en rouge vif avec des portes et des encadrements de fenêtres tout blancs ; elle avait deux étages, et un toit en tourbe la garantissait contre les intempéries. De petites touffes de plantes et d'arbrisseaux y avaient poussé. En haut d'un pignon était dressée une hampe à drapeau au bout de laquelle un coq en tôle de fer tournait avec le vent, la queue en pointe.

Le printemps venait de s'installer dans la contrée des montagnes.

C'était par un matin de dimanche. L'air était un peu chargé, mais il n'y avait pas le moindre vent et il ne faisait pas froid. Le brouillard s'était appesanti sur les arbres de la forêt, mais Margit prétendait qu'il se dissiperait à mesure que la journée avancerait.

Arne avait déjà fait la lecture à sa mère ; après avoir lu le sermon, il avait aussi chanté quelques cantiques et se sentait maintenant le cœur plus léger. Il venait de s'habiller de ses habits du dimanche et s'apprêtait à se rendre au presbytère. Dès qu'il ouvrit la porte pour sortir, un parfum de feuillage frais vint à sa rencontre ; couverte de rosée et alourdie par le brouillard matinal, la verdure du jardin avait un air penché.

Mais du précipice du Kampen arrivait le bruit du torrent avec un fracas fort et régulier qui résonnait dans l'air et le faisait trembler aux oreilles.

Arne se mit en chemin. Plus il s'éloignait du torrent, plus le bruit diminuait d'intensité, mais se répandait en une note profonde par toute la contrée.

— Que Notre-Seigneur l'accompagne partout où le conduisent ses pas ! dit la mère.

Elle avait ouvert la fenêtre et le suivit à présent du regard jusqu'à ce que les bocages se fussent emparés de lui. Le brouillard se levait de plus en plus, mais le soleil l'avait d'abord percé, et la vie reprenait dans les champs. Dans le jardin également tout germait et prospérait, ce qu'Arne avait travaillé et préparé montrait sa vivacité dans la fraîcheur des pousses et des boutons, dont le parfum et la joie s'élevaient vers la mère. Le printemps est beau aux yeux de qui a longtemps connu l'hiver.

Arne n'avait aucune affaire précise qui l'appelât au presbytère ; cependant il se proposait d'abord de demander quelques journaux dont lui et le pasteur partageaient l'abonnement. Récemment il avait vu les noms de plusieurs compatriotes qui s'étaient créé une enviable situation en Amérique en cherchant de l'or ; parmi ces noms se trouvait aussi celui de Kristian. D'autre part, un bruit était parvenu jusqu'aux oreilles d'Arne, disant qu'on attendait la visite de Kristian dans son pays natal.

Peut-être bien qu'on pourrait le renseigner à ce sujet au presbytère ; au cas où son ami d'enfance était déjà de retour dans la ville, Arne se proposait d'aller le voir quelques fois entre l'époque des labours et la fenaison.

Cette idée continua à occuper son esprit jusqu'à ce qu'il arrivât à un endroit d'où il pouvait découvrir le Lac noir et Boën de l'autre côté des eaux. Par là le brouillard se levait aussi, le soleil jouait sur les petites collines, la montagne brillait au sommet, mais conservait le brouillard autour de la taille, la forêt assombrissait la surface du lac du côté droit, mais en avant des maisons une bande plus plate s'étendait où le sable tout blanc luisait aux rayons du soleil.

D'un bond sa pensée se glissa à l'intérieur du bâtiment rouge, aux portes et aux encadrements de fenêtres blancs, qui lui avait servi de modèle quand il faisait peindre sa propre maison. Il ne se souvenait plus des premières journées si tristes qu'il y avait passées ; il ne se souvenait que du clair été qu'ils avaient ensemble évoqué, lui et Éli, là-haut dans la chambre où était son lit de malade. Depuis lors il n'y était jamais retourné, depuis lors il ne voulait plus y retourner, non, pour rien au monde. Il suffisait d'y penser pour que de suite il rougît et se sentît vaciller de honte et d'embarras, ce qui n'arrivait pas moins chaque jour et même bien des fois par jour. S'il y avait quelque chose capable de le chasser au loin hors de cette contrée, c'était avant toutes choses cette idée-là.

Déjà il marchait très vite comme s'il cherchait à y échapper ; mais plus il avançait, plus Boën paraissait gagner en importance au centre de son champ visuel et plus il regardait dans cette direction aussi. Le brouillard était maintenant complètement dissipé, le ciel était pur et sans aucun nuage visible d'une rangée de montagne jusqu'à l'autre ; les oiseaux planaient haut et se lançaient de temps à autre de petits cris d'appel dans l'air joyeusement ensoleillé, les champs répondaient de leurs millions de fleurs et nul bruit du torrent du Kampen ne menaçait la joie comme pour la soumettre et l'amener à genoux vers quelque solennité sombre aux sons de l'orgue. Bien au contraire, la joie vibrait, tourbillonnait et s'élevait éperdue et triomphante dans la lumière comme un chant aux notes pures.

Arne avait marché jusqu'à ce qu'il fût envahi par une chaleur qui bouillonnait dans son sang. Il se laissa choir sur l'herbe au bas d'une colline, regarda un instant vers Boën, puis se retourna pour ne plus avoir les yeux toujours dirigés vers ce même point.

Tout à coup il entendit, venant d'en haut et d'en arrière de lui, un chant cristallin comme il n'en avait certes jamais entendu auparavant. Ce chant s'étendait au-dessus des prés et des plaines vallonnées, parmi le babillage des oiseaux, et avant qu'il lui eût été bien possible de reconnaître la mélodie, il avait reconnu les paroles; la mélodie était celle qu'entre toutes il aimait et les paroles étaient celles qu'il avait porté en lui depuis qu'il était enfant, et qu'il avait oubliées le jour même qu'il avait pu en faire un tout. Il sursauta comme s'il avait voulu s'élancer afin de les ressaisir, mais s'arrêta cloué sur place et écouta. Et voilà une première strophe, voilà une autre, voilà une troisième et une quatrième, le plongeant dans un bain de délices mélodieuses, les strophes de sa propre chanson oubliée :

> L'aigle, sur ses robustes ailes,
> Va par delà les hauts sommets;
> Il plane aux clartés éternelles
> Dans les rayons et les reflets.
> Joyeux de son jeune courage,
> Il va, d'une course sauvage,
> Vers des buts aussitôt atteints,
> Et, guidé par son seul caprice,
> Il plane, descend, monte, glisse,
> Les yeux fixés sur les lointains !

Jamais vers les sommets nul désir ne t'entraîne,
Petit arbre, toi qui bourgeonnes en été.
Tu vis en attendant la floraison prochaine.
Tes oiseaux que le vent balance d'une haleine
  Chantent sans savoir ce qu'ils ont chanté !

> Celui qui, durant vingt années,
> Languit par delà les sommets,
> Poursuivant d'ardeurs obstinées
> Un but qu'il n'atteindra jamais.
> Chaque nouveau jour de sa vie
> Voit sa vigueur anéantie,
> Et, déchu de tout noble espoir,
> Il écoute, lourd d'indolence,
> L'oisillon que le vent balance
> Dans la paix tranquille du soir.

Ah ! pauvre oiseau ! pourquoi ces chansons éter-
                              [nelles ?
Tu ferais mieux ton nid par delà les sommets.
Les arbres sont plus hauts, leurs ombrages plus
                              [frais.
N'as-tu donc que langueur et n'as-tu pas des ailes ?

> Ne pourrai-je donc point atteindre
> Là-bas, par delà les sommets ?
> Et ce mur qui semble restreindre
> Et borner mes nobles projets,
> Ce mur fait de neige et de glace,
> Qui se dresse devant ma face,
> Ce mur écrasant, triste et froid,
> Enfermera-t-il ma pensée
> Jusqu'à ma dernière journée
> Dans un morne linceul d'effroi ?

Ah ! dehors ! Ah ! plus loin ! Par delà ces limites !
Car ici tout accable et désole mon cœur.
Je me sens à l'étroit : ô mon cœur, tu palpites,
Plein de courage jeune et de jeune vigueur !
Puisses-tu t'évader hors des bornes prescrites
Sans trouver un obstacle où sombre ton ardeur!

> Seigneur, on parviendra, sans doute,
> Là-bas, par delà les sommets.
> Déjà brille à nos yeux la route
> Du séjour que tu nous promets.
> O Seigneur, ta demeure est belle,
> Mais le chemin qui va vers elle,
> Daigne l'effacer de mon cœur,
> Et daigne, d'une âme indulgente,
> Laisser mon âme défaillante
> Abandonnée à sa langueur !

Arne demeura immobile jusqu'à ce que la dernière strophe, jusqu'à ce que la dernière syllabe eût vibré vers lui. Alors il distingua de nouveau les petits appels des oiseaux joyeux, mais hésita encore longtemps s'il devait avoir le courage de bouger de place. Il lui fallait cependant s'assurer qui avait chanté. Il avança un pied, le posant avec tant de précaution qu'il fut impossible d'entendre le moindre bruissement de l'herbe qu'il foulait. Un petit papillon s'arrêta sur une fleur juste devant lui, mais se vit obligé de se déranger, vola encore une toute petite distance, s'arrêta pour reprendre de nouveau son vol et ainsi monta en avant d'Arne tout le long de la pente; celui-ci grimpa la dernière partie sur ses genoux. Mais il se trouva abrité par un buisson épais et n'alla pas plus loin, car de l'endroit où il était parvenu il pouvait voir. Un oiseau s'éleva du buisson, poussant un petit cri d'effroi en fonçant par-dessus le coteau. Alors elle leva les yeux, celle qui était assise en arrière.

Il se fit tout petit afin de se dissimuler complètement, retint sa respiration et fit tous ses efforts pour ne déranger ni la moindre feuille ni le plus petit brin. Toute son attention était tendue à l'extrême, mais il n'entendait plus que les battements de son propre cœur; car maintenant il voyait que c'était elle, Éli !

Longtemps, longtemps après il risqua un regard furtif; il aurait bien voulu se rapprocher un peu plus, mais l'oiseau avait peut-être fait son nid au pied du buisson et il avait peur de le détruire. Il se mit donc à épier à travers les branches, profitant du tremblotement des feuilles qui tantôt s'écartaient, tantôt se rejoignaient légèrement.

Le soleil éclairait en plein Éli, à cet instant. Elle était assise sur l'herbe, vêtue d'un corsage sans manches; sur la tête elle portait un chapeau de paille, pareil à ceux que portent les jeunes garçons. Le chapeau n'était pas fixé et avait une tendance à retomber sur le côté. Sur ses genoux elle avait posé un livre, mais pardessus le livre il y avait une gerbe de fleurs des champs. Sa main droite jouait avec les tiges distraitement et ses gestes montraient qu'elle était absorbée par ses pensées. Le coude de son bras gauche était appuyé contre son genou et sa tête, penchée sur le côté, reposait contre la main. Elle regardait devant elle, un peu dans la direction que l'oiseau effrayé avait prise; il était difficile de voir si elle avait pleuré.

De sa vie Arne n'avait contemplé, fût-ce dans ses rêves, un tableau plus joli. Et l'endroit et Éli étaient baignés de l'or transparent du soleil et l'harmonie du chant l'enveloppait toute, bien que la mé-lodie fût depuis longtemps dispersée; aussi y avait-il encore son rythme léger dans tout ce qu'il pensait, et jusque dans sa respiration, et il lui semblait que les battements violents de son cœur obéissaient également à ces mesures.

Elle prit le livre et l'ouvrit, mais bientôt le referma et reprit sa pose d'avant; au bout d'un instant elle se mit à fredonner. C'était la chanson de « L'arbre fut prêt et paré de ses feuilles, jaillies des moindres boutons ».

Il reconnaissait l'air, bien qu'elle se rappelât mal et les paroles et la mélodie et se trompât plus d'une fois. Elle savait mieux la dernière strophe et, à cause de cela, elle la reprenait à plusieurs reprises, chantant ainsi :

L'arbre porta ses fruits sous le soleil qui brille.
    Donne-les moi, dit la jeune fille.
« Oui, dit l'arbre sans plus attendre.
Tous mes fruits mûrs, tu peux les prendre,
    Tra-la-la gentille !

Mais tout à coup elle se dressa, fit tomber toutes les fleurs cueillies autour d'elle, et lança l'appel sonore des montagnardes sur une note claire qui vibra dans l'air avec tant de force qu'on eût pu l'entendre jusqu'à Boën presque. Puis elle se mit à courir.

Fallait-il qu'il se précipitât à sa poursuite ? qu'il l'appelât ? Non !

La voilà qui dévale collines après collines, chantant ou fredonnant. Voilà que son chapeau glisse parmi l'herbe et qu'elle se baisse pour le reprendre. La voilà debout toute droite au milieu des fleurs aux tiges les plus hautes.

— Faut-il que je l'appelle. Elle se retourne !

Vite il se baisse derrière les buissons.

Un long moment se passa avant qu'il osât regarder furtivement à nouveau; d'abord il ne releva que la tête : il ne pouvait pas la voir ainsi; il se dressa sur les genoux : il ne la voyait pas davantage. Alors, tout debout : non, elle avait disparu !

Il n'avait plus envie d'aller jusqu'au presbytère. Il n'avait plus envie de rien. Il s'en fut s'asseoir à la même place où elle avait été assise, y demeura longtemps, y demeura encore quand le soleil fut haut avancé dans le ciel. Le lac n'avait pas la moindre ondulation. La fumée commençait à s'élever au-dessus des maisons et à frissonner dans les airs. Les poules d'eau avaient cessé de jeter leurs cris, les petits oiseaux babillaient toujours, mais se dirigeaient l'un après l'autre vers la forêt, la rosée avait disparu de partout, et l'herbe se tenait gravement au soleil, nul vent ne l'agitait, et les feuilles les plus frêles pendaient dans le calme. Le soleil de midi avait tout envahi.

Il ne sut comment cela s'était fait, mais, comme il était assis là, il avait entrepris une petite chanson nouvelle.

Une harmonie douce l'y invitait; et sa poitrine était étrangement riche d'une douceur, d'une plénitude de sentiments légers et tendres; une mélodie allait et venait dans l'atmosphère autour de lui et, à la fin, elle créa comme une vision nouvelle et totale par le tissu de sa chanson.

Il la chanta délicatement, comme il l'avait sentie :

> Marchant en forêt tout le long du jour,
> Tout le long du jour,
> Le gars entendit un étrange chant,
> Un étrange chant.
>
> Lors le gars se fit un pipeau de saule,
> Un pipeau de saule,
> Pour voir si le son habitait dedans,
> Habitait dedans.
>
> Le son chuchota et lui dit son nom,
> Et lui dit son nom,
> Et puis tout à coup s'enfuit en courant,
> S'enfuit en courant.
>
> Durant son sommeil, le fuyard revint,
> Le fuyard revint,
> Posant sur son front comme une caresse,
> Comme une caresse.
>
> Voulant le saisir, il se réveilla,
> Il se réveilla,
> Mais le son resta dans la pâle nuit,
> Dans la pâle nuit.
>
> O Dieu, mon Seigneur, fais que j'y pénètre,
> Fais que j'y pénètre.
> Le son m'a ravi, m'a pris corps et âme,
> M'a pris corps et âme.

> Le Seigneur lui dit : « Il est ton ami,
> Il est ton ami,
> Bien qu'à nul moment tu ne le possèdes,
> Tu ne le possèdes.
>
> Tous les autres sons ne sauraient valoir
> Cet humble son-là,
> C'est vers celui-là que tu tends sans cesse
> Sans jamais l'atteindre. »

XIV

On était au dimanche soir, vers le milieu de l'été. Le pasteur était revenu tard de l'église et, depuis son retour au presbytère, Margit était restée à causer auprès de lui.

Il n'était pas loin de sept heures lorsqu'elle se décida à prendre congé tout à coup. Elle se dépêcha de descendre l'escalier et de sortir par la cour; c'était là qu'elle venait d'apercevoir Éli Boën en personne. Celle-ci y avait joué pendant quelque temps avec le fils du pasteur et son frère à elle.

— Bon soir! fit Margit. Elle s'arrêta auprès d'eux :

— Que les bénédictions d'en haut accompagnent la société !

— Bon soir! répondit Éli qui était toute rose de chaleur après le jeu; aussi voulait-elle l'interrompre à ce moment, bien que les gamins fussent en train de la harceler. Elle supplia qu'on l'épargnât et finalement on la laissa tranquille «pour ce soir-là.

— Il me semble que je suis en pays de connaissance, fit Margit.

— Cela se peut aussi fort bien, répliqua l'autre.

— Est-ce que par hasard ce serait vraiment Éli Boën ?

— Oui, en effet, c'est bien elle!

— Ah! vraiment, vraiment! C'est donc toi, Éli Boën! Je le vois bien, à présent. Tu ressembles beaucoup à ta mère.

Les cheveux bruns aux reflets roux d'Éli étaient dans un beau désordre, et ces mèches vagabondes avaient glissé en se défaisant. Elle avait si chaud que son visage était devenu rose et éclatant comme une baie des champs. Sa poitrine se soulevait en secousses précipitées et elle pouvait à peine proférer un mot, tant elle était hors d'haleine. Cependant, elle riait de se sentir en un pareil état.

— Ah ! c'est la jeunesse qui veut cela !

Margit ne pouvait pas détacher ses yeux d'elle, si grand était le plaisir qu'elle éprouvait à la voir.

— Mais toi,... il n'est guère probable que tu me connaisses ?

Éli avait certainement eu envie de lui poser la question, mais, comme l'autre était une femme âgée, elle s'estimait tenue à quelque réserve. Toutefois, elle répondit qu'elle ne se rappelait pas l'avoir jamais rencontrée.

— C'est naturel et l'on s'y attend bien. Les vieilles gens ne se montrent pas très souvent ! Peut-être que tu connais un peu mon fils, cependant : Arne Kampen. C'est moi qui suis sa mère.

Elle jeta un coup d'œil dans la direction d'Éli ; celle-ci n'avait plus le même air insouciant.

— Il me semble qu'il a travaillé quelque temps chez vous, à Boën.

— Oui, c'est exact...

— Il fait un bien beau temps, ce soir... Chez nous, on a retourné les meules de foin dans la journée, et nous l'avions rentré avant que je parte pour ici. C'est qu'il fait un temps comme on n'en voit pas souvent.

— On dit que ce sera une bonne année pour le foin, hasarda Éli.

— Oui, tu peux le dire, pour sûr... Tout doit être superbe, à Boën ?

— On a fini avec la fenaison, chez nous.

— Cela va de soi ! Beaucoup de bras ; des hommes qui s'y entendent !... Est-ce que tu dois rentrer là-bas dès ce soir ?

— Non, je dois rester, je pense.

Elles se mirent peu à peu à s'entretenir de choses et d'autres, et leur conversation prit rapidement une tournure assez familière pour que Margit n'eût pas d'hésitation à lui proposer de l'accompagner un bout de chemin.

— Ne serais-tu pas disposée à te joindre à moi pour me faire quelques pas de conduite ? dit-elle ; je rencontre si rarement quelqu'un avec qui je peux échanger quelques paroles, moi, et, en ce qui te concerne, je pense que cela doit t'être à peu près égal.

Éli s'excusa, prétextant qu'elle n'avait pas de veste.

— Oh ! il faut bien le reconnaître aussi que je suis sans gêne en demandant une chose semblable d'une personne que je rencontre pour la première fois. Mais il faut avoir un brin d'indulgence pour les vieilles gens !

Éli déclara alors qu'il n'y avait assurément rien qui l'empêchât de faire un bout de chemin ; elle désirait simplement aller chercher sa veste au préalable.

C'était une veste ajustée qui épousait ses formes ; lorsqu'elle était bien agrafée de haut en bas, on eût dit que c'était un corsage. Mais ce soir elle jugea que les deux agrafes près de la taille suffisaient, elle avait si chaud !

Son linge très fin avait un petit col non empesé qui se rabattait en dehors, maintenu dans le cou par un bouton en argent. Ce bouton représentait un oiseau aux ailes déployées.

Nils Le Tailleur en portait un pareil la première fois que Margit Kampen l'avait rencontré, à la danse.

— C'est un joli bouton que tu as là, dit-elle en le regardant.

— C'est ma mère qui m'en a fait cadeau, répondit Éli.

— Je le supposais bien, fit Margit en l'aidant à rajuster le vêtement.

Les voilà sur le chemin toutes les deux, marchant côte à côte.

Le foin était coupé partout et rassemblé par petites meules. En passant, Margit touchait le foin, le sentait et trouvait qu'il était de bonne qualité. Elle se fit renseigner au sujet du bétail appartenant à la ferme, eut ainsi l'occasion de poser quelques questions au sujet des bêtes qu'on élevait à Boën, et de raconter l'importance du troupeau qu'ils élevaient à Kampen.

— Notre ferme a joliment progressé depuis quelques années, et rien n'empêche de l'agrandir encore, tant que l'on veut. A présent, elle suffit à nourrir douze vaches à lait et l'on pourrait en avoir davantage... Mais lui, il a tant de livres dans lesquels il se renseigne et d'après lesquels il mène toujours son affaire. C'est bien pour cela qu'il tient à entretenir les bestiaux à la manière des grands !

Comme on pouvait s'y attendre, Éli ne répondit rien à tout cela. Mais Margit lui demanda ensuite quel âge elle avait.

Elle avait dix-neuf ans, déclara-t-elle.

— Est-ce que tu as eu à t'occuper un peu du ménage ? Tu as un air si coquet que cela ne doit pas être beaucoup, en tout cas !

Pourtant si ! Elle avait dû aider pas mal à diverses besognes, surtout depuis quelque temps !

— Oui ! C'est une bonne chose de s'habituer un peu à tout. Bien des choses peuvent devenir nécessaires quand on aura un jour soi-même une grande maison à diriger. Bien sûr, pour ceux qui disposent à l'avance de moyens, cela n'a pas la même importance.

Éli avait bien envie de revenir sur ses pas, car elles avaient depuis longtemps dépassé les limites des terres appartenant à la ferme du presbytère.

— Il y a encore longtemps jusqu'au coucher du soleil. Ce serait bien gentil de ta part de causer encore un peu avec moi...

Éli continua de l'accompagner.

Voilà que Margit se mit à lui parler d'Arne.

— Je ne sais pas si tu le connais beaucoup. C'est que lui, il peut vous apprendre un peu de tout, lui ! Dieu clément ! ce qu'il en a lu dans sa vie !

Éli avoua qu'elle n'ignorait pas en effet qu'il avait beaucoup lu.

— Ah ! oui. Mais c'est tout de même une de ses moindres qualités... Ce qui est autrement rare, c'est la bonté qu'il a montrée vis-à-vis de sa mère chaque jour de sa vie ; cela vaut quelque chose, cela ! S'il est vrai, comme un vieux dicton le pré-

tend si bien, que celui qui est bon pour sa mère ne saurait être moins bon pour sa femme, celle qu'il choisira un jour n'aura pas beaucoup de raisons de se plaindre... Qu'est-ce que tu cherches donc par terre, mon enfant ?

— Oh ! ce n'est qu'une petite branche que j'avais à la main.

Elles restèrent silencieuses toutes deux et continuèrent leur chemin sans se regarder.

— Il a des façons étranges parfois, dit bientôt la mère ; il a eu une grande frayeur lorsqu'il était tout petit... Depuis, il a pris l'habitude de méditer les moindres choses dans sa propre tête... Ceux de sa sorte manquent généralement d'entrain et d'à-propos dans leurs décisions.

Cette fois-ci, Éli tenait absolument à faire demi-tour, mais Margit émit l'opinion que, comme le chemin restant à parcourir était insignifiant et qu'elle était déjà venue si loin, elle devait au moins en profiter pour jeter un coup d'œil sur Kampen. Pourtant Éli estimait qu'il se faisait trop tard pour pouvoir accepter la proposition ce jour-là.

— Il y aura bien toujours quelqu'un pour t'accompagner au retour.

— Non, non, répondit Éli nettement ; et elle se disposa à retourner au presbytère.

— Pour ce qui est de lui, Arne, il n'est pas à la maison ; par conséquent, ce ne sera pas lui qui pourra t'accompagner. Mais il y aura toujours quelqu'un d'autre pour le faire.

Éli opposa déjà moins de résistance.

Somme toute, elle avait grande envie de voir Kampen. « Pourvu qu'il ne se fasse pas trop tard », ajouta-t-elle.

— Si nous restons longtemps à en délibérer comme cela, il pourrait se faire tard pour de bon !

Elles se remirent en route.

— Tu as dû beaucoup lire, toi, qui as été élevée chez le pasteur ?

Elle répondit que oui.

— Cela pourra t'être de grande utilité quand tu te trouveras établie avec quelqu'un qui en saura moins long.

Mais Éli eut cette fois l'air de dire qu'elle ne tenait guère à quelqu'un de moins instruit qu'elle-même.

— Eh! peut-être bien qu'en effet ce n'est pas cela que l'on doit préférer. Hélas! les gens d'ici n'ont généralement que peu d'instruction...

Éli demanda d'où venait une fumée que l'on voyait s'élever au-dessus des arbres de la forêt.

— Cela vient de l'habitation d'un nouveau métayer dépendant de Kampen. C'est là que vit un brave homme qu'ils appellent Canut des Hautes Terres. Il allait tout seul toujours dans nos parages, et Arne lui a donné des terres à défricher par là.

« Il sait ce que c'est que d'aller tout seul, Arne, le pauvre! »

Bientôt après elles arrivèrent sur la hauteur d'où l'on apercevait la propriété. Le soleil les frappait juste au visage, et elles durent s'abriter les yeux pour regarder devant elles.

Au milieu de la plaine se détachait la maison, peinte en rouge avec les encadrements des fenêtres tout blancs; le pré venait d'être fauché tout autour, et çà et là il y avait encore quelques meules debout. Les champs s'étendaient verts et riches à côté du pré pâle. Aux environs de l'étable il y avait beaucoup d'animation : les vaches, les moutons, les chèvres venaient de rentrer. Les clochettes tintaient, les chiens aboyaient, la servante qui devait traire gesticulait et clamait. Mais, dominant le vacarme, le fracas du torrent précipité au delà des mamelons de granit résonnait dans l'air d'un son profond et grave.

Plus Éli regardait le spectacle devant elle, plus elle entendait cette note grave, et, à la fin, le bruit lui parut si effrayant que son cœur se mit à battre. Dans sa tête arrivait sans cesse renouvelé le fracas assourdissant et mugissant, et tout d'abord elle s'en sentait affolée en quelque sorte, mais bientôt après une singulière douceur l'envahit. A tel point que, sans s'en apercevoir, elle commença à marcher précautionneusement à petits pas;

Margit dut la prier de ne pas trop ralentir sa marche.

Elle sursauta presque.

— Jamais je n'ai rien entendu d'aussi effrayant que ce torrent-là, dit-elle; il me fait presque peur.

— Tu t'y habituerais pourtant vite, fit la mère; après un certain temps, tu en viendrais à le regretter.

— Ah! bonne mère, tu crois cela, vraiment? demanda Éli, surprise.

— Mais oui! Tu verras bien, dit Margit; et cette fois elle sourit.

—Viens! Maintenant nous allons d'abord jeter un coup d'œil sur les bestiaux, ajouta-t-elle, en quittant le sentier battu. Ces arbres-là, des deux côtés du chemin, c'est Nils qui les a plantés. Il aimait bien voir tout gentiment arrangé, lui, Nils. Arne aussi d'ailleurs! Tu vas voir le jardin qu'il a planté.

— Oh! mais, oh! s'écria Éli; et vite elle gagna la grille, presque en courant.

Elle avait bien aperçu Kampen plusieurs fois, mais jamais d'aussi près, et elle n'avait jamais pu voir le jardin.

— Nous allons mieux le regarder tantôt, dit Margit.

Éli risqua un coup d'œil furtif à travers les carreaux au moment où elles contournaient la maison. Il n'y avait personne à l'intérieur.

Toutes les deux montèrent ensemble sur le petit pont de la grange et regardèrent les vaches qui, en mugissant, passaient devant elles pour entrer dans l'étable.

Margit dit le nom de chacune à mesure qu'elles passaient et raconta à Éli combien de mesures de lait elles fournissaient, et désignant celles qui vêlaient en été, et celles qui ne le faisaient pas.

Les moutons furent comptés avant qu'on ne les laissât pénétrer; ceux-ci étaient d'une fameuse race étrangère; Arne avait pu mettre la main sur deux agneaux, un jour, du côté des provinces méridionales.

—Il s'intéresse à toutes sortes de choses de ce genre; on ne le croirait pas de lui, n'est-ce pas?

Elles firent une rapide incursion dans la grange pour regarder le foin que l'on venait d'y entasser. Il fallut qu'Éli en portât une poignée à ses narines afin de l'apprécier d'après l'odeur : « C'est que, du foin comme celui-là, on n'en trouve pas partout ! »

A travers la lucarne, Margit montra les champs l'un après l'autre, disant ce qui avait été semé sur chaque lopin, et combien on avait semé de chaque espèce.

Elles ressortirent et se dirigèrent vers l'habitation ; mais Éli, qui n'avait presque rien répondu à ce qu'on lui avait dit jusqu'alors, demanda maintenant la permission d'entrer au jardin près duquel elles passaient. Ce qui lui fut naturellement accordé. Elle n'était pas plus tôt dans le jardin qu'elle demanda la permission de cueillir une fleur ou deux.

Il y avait à l'angle un petit banc ; elle alla s'y asseoir, mais comme pour l'essayer seulement, car elle se leva immédiatement.

— Il faut nous dépêcher, à présent, pour qu'il ne se fasse pas trop tard, lui dit Margit, debout sur le seuil de la maison.

Et alors elles entrèrent. Margit demanda s'il n'y avait rien qu'elle pourrait offrir, puisque c'était sa première visite ; mais Éli rougit et déclina sans plus. Puis elle commença de sa place à regarder autour d'elle. Les fenêtres de la pièce donnaient sur le chemin, et c'était ici qu'ils se tenaient pendant la journée. La pièce n'était pas très grande, mais confortable avec son horloge et sa cheminée. Voici le violon de Nils, vieux et sombre, mais pourvu de cordes neuves. Voici, accrochés au mur, une paire de fusils appartenant à Arne, une canne à pêche anglaise, et divers autres objets précieux que la mère décrocha pour les montrer. Éli regarda chaque objet et y toucha légèrement.

La pièce n'était ornée d'aucune peinture, car Arne n'aimait pas cela. Il n'y avait pas davantage de peinture dans l'autre pièce, celle qui donnait du côté du précipice du Kampen, d'où l'on voyait la montagne grandiose en face et le bleu du ciel comme fond. Cette pièce, qui se trouvait dans la partie de la maison récemment construite, était plus vaste et plus belle. Mais dans les deux petites pièces du pignon il y avait de la peinture, car c'était là que la mère devait vivre quand elle serait vieille et que le fils prendrait une femme dans la maison.

Elles visitèrent la cuisine, le garde-manger, la buanderie. Éli cependant ne disait pas un mot et regardait tout en quelque sorte à distance. Seulement, lorsque Margit lui tendait quelque chose pour qu'elle l'examinât, elle y touchait, mais, même alors, très légèrement. Margit, qui ne cessait de bavarder tout le temps, la conduisit à nouveau dans le couloir ; il s'agissait de visiter aussi l'étage du grenier.

Là, il y avait également des pièces, toutes prêtes, d'après la même distribution qu'en bas. Mais elles étaient nouvellement installées et n'avaient pas encore été utilisées, à l'exception d'une seule qui donnait du côté du précipice du Kampen. Dans ces chambres on avait placé tous les meubles et ustensiles qui ne servaient pas d'une façon régulière dans le ménage. On y voyait suspendues des peaux et des fourrures, cousues dans des toiles protectrices, des couvertures de lit. La mère en prenait à la main, les soupesait en les montrant, et de temps à autre Éli ne pouvait moins faire que de l'imiter par politesse. Toutefois on aurait dit qu'un peu de courage lui était revenu, ou bien qu'elle y prenait plus de plaisir. Il arrivait qu'elle se retournât vers certains objets, qu'elle posât des questions... Bref, elle paraissait s'amuser de plus en plus.

La mère dit enfin : « Nous allons maintenant voir la chambre d'Arne ! » Et elles pénétrèrent dans la pièce donnant sur le précipice du Kampen. De nouveau le fracas effrayant du torrent les salua, car la fenêtre se trouvait ouverte. Elles pouvaient à cette hauteur apercevoir un jet spumescent s'élevant contre le flanc de la montagne, mais non pas le torrent lui-même, sinon à une certaine distance, à l'endroit où un fragment de rocher s'était détaché et où les eaux, dans leur lit rétréci, se ramassaient pour faire le bond formidable.

L'humus s'était accumulé à la surface du rocher, et quelques pins y avaient accroché leurs racines tordues fouillant les fentes du granit. Le vent avait tant tiraillé et secoué ces arbres, le torrent les avait si brutalement lavés qu'il n'y avait pas la moindre brou- tille jusqu'à huit pieds de la racine; leurs couronnes étaient inclinées, les branches bistournées, mais debout ils se maintenaient, se dressant assez haut entre les parois du ravin.

Ce fut la première chose qu'Éli vit par la fenêtre ouverte; ensuite elle regarda les sommets couverts de leur blanche neige pointant au-dessus des monts vert sombre. Son regard revint vers le paysage voisin; sur les champs régnaient la paix et la fertilité. Enfin elle regarda autour d'elle dans la chambre où elle se trouvait, ce que l'attirance du torrent l'avait empêché de faire jusqu'alors.

Combien tout ici, à l'intérieur, paraissait délicat et paisible, comparé au bruissant grandiose du dehors! Elle ne distingua d'abord aucun détail, car tout s'ajustait pour rendre l'ensemble harmonieux, et tout y était nouveau pour elle. Arne avait arrangé sa chambre avec amour, et bien que tout y fût d'une grande simplicité, chaque objet était choisi avec un goût sûr et acquérait ainsi une valeur presque artistique. Pendant qu'elle regardait, une impression la gagnait, comme si ses vers s'étaient répandus dans cette atmosphère ou comme si son sourire se dissimulait derrière chaque objet.

La première chose dont les détails fixèrent son attention était une grande et belle biblio- thèque; le bois en était orné de fins motifs entaillés. Sur les rayons il y avait tant de volumes qu'elle se disait que le pasteur lui- même ne devait pas en posséder davantage. Puis elle regarda une belle armoire. Là dedans il plaçait beaucoup de choses remar- quables, dit la mère; et là il serrait aussi son argent, ajouta-t-elle en parlant plus bas.

Par deux fois ils avaient hérité, raconta- t-elle ensuite, et ils devaient faire encore un héritage si les événements se passaient dans l'ordre habituel.

— Mais l'argent n'est pas ce qu'il y a de meilleur au monde! Il peut lui arriver des joies plus grandes...

Il y avait dans la chambre d'Arne beau- coup de petits bibelots qu'il était amusant de regarder; aussi Éli les regardait-elle tous à présent, joyeuse comme un enfant.

Margit la tapotait amicalement sur l'épaule :

— Je ne t'ai seulement pas vue avant aujourd'hui, disait-elle, mais déjà j'ai une grande affection pour toi, mon enfant!

Et elle la regardait bien franchement avec bonté au fond des yeux.

Avant qu'Éli eût le temps de sentir le moindre embarras, Margit l'attira par le bras, en disant tout bas :

— Tu vois ce coffre là-bas, peint en rouge? Tu peux te dire qu'il contient quelque chose de vraiment pas ordinaire!

Éli regarda de ce côté et aperçut un coffre bas et long; tout de suite elle se dit qu'elle aimerait bien l'avoir.

— Il ne veut pas que je sache ce qu'il y a là dedans, chuchota la mère, et il me cache la clef chaque fois qu'il s'absente.

Elle alla du côté du mur où étaient sus- pendus des vêtements, décrocha un gilet de velours et fouilla dans la poche de montre. C'était là qu'il cachait la clef.

— Approche un peu; tu vas voir mainte- nant, fit-elle en baissant encore la voix.

Éli pensait bien que ce n'était pas tout à fait dans l'ordre admissible, ce que la mère faisait là; mais la femme c'est la femme, et toutes les deux s'approchèrent doucement du coffre posé par terre et s'agenouillèrent pour en être plus près.

A l'instant même où la mère souleva le couvercle, un parfum délicat monta vers elles. Éli en fut si surprise qu'elle battit des mains avant d'avoir rien vu du con- tenu.

Il y avait d'abord au-dessus, recouvrant

le tout, un mouchoir déplié, étendu, que la mère enleva. « Ah! maintenant, tu vas voir! » murmura-t-elle, en sortant un beau foulard de soie noire, d'un genre que les hommes ne portent pas.

— C'est exactement comme il en faut pour une jeune fille, dit la mère.

— En voici un autre, ajouta-t-elle.

Éli ne put s'empêcher de le toucher de la main.

Puis la mère insista pour lui en faire faire l'essai, bien qu'Éli ne voulût pas et penchât la tête de côté pour ne pas s'y prêter. Quand cela fut fait, cependant, la mère replia soigneusement le foulard.

— Voici encore, tu vas voir! dit-elle; et elle sortit un tas de jolis rubans de soie.

— Tout cela est comme pour une jeune fille!

Éli était maintenant devenue rouge comme une pivoine, mais ne dit pas une syllabe. Sa poitrine se soulevait, ses yeux demeuraient timides. A part cela, elle restait immobile.

— Il y a encore beaucoup d'autres choses!

La mère sortit une belle étoffe noire, de celles dont on fait les robes au pays des montagnes. « C'est bien beau, pas? » dit-elle en la tenant au jour.

Éli trembla un peu quand sa main la toucha pour obéir à la prière de la mère. Elle sentait que le sang lui montait à la tête et elle avait envie de se détourner un instant pour respirer à l'aise.

Mais cela n'aurait pas été convenable.

— Il a acheté quelque chose chaque fois qu'il a fait un voyage à la ville, dit la mère.

Éli n'en pouvait presque plus. Son regard allait et venait à l'intérieur du coffre, s'arrêtant tantôt à une chose, tantôt à une autre, puis retournant à l'étoffe destinée à une robe. En réalité, elle ne parvenait plus à rien distinguer. Mais la mère continuait. La dernière chose qu'elle en retira était enveloppée de papier. Elles commencèrent à le déplier; il y en avait plusieurs, et ce fut un nouvel attrait.

L'attention d'Éli n'en fut que davantage tendue. C'était une paire de petits souliers.

Ni l'une ni l'autre n'en avaient sans doute vu de pareils de toute leur existence!

La mère se demandait comment on parvenait à exécuter un travail aussi délicat; Éli ne disait rien, pas une parole, mais, lorsqu'elle dut prendre les souliers dans ses mains, tous ses doigts tièdes laissèrent des marques.

Elle en ressentit une telle honte qu'elle fut sur le point de pleurer. Le mieux pour elle aurait été de pouvoir partir. Toutefois, elle n'osait pas parler, n'osait rien faire qui obligeât la mère à lever les yeux. Celle-ci était bien préoccupée de son côté.

— Ne dirait-on pas que petit à petit il a fait tous ces achats pour quelqu'un à qui il n'osait pas les offrir, dit-elle en replaçant tous les objets dans le même ordre où elle les avait trouvés. C'était à croire qu'elle en avait l'habitude.

— Maintenant, nous allons voir ce qu'il y a dans le chétron.

Elle l'ouvrit avec des précautions telles qu'elles donnaient à supposer qu'il devait y avoir quelque chose de vraiment beau.

On y voyait d'abord une boucle paraissant destinée à une ceinture de corsage. Ce fut la première chose qu'elle montra à Éli.

Ensuite vinrent deux anneaux d'or retenus par une faveur, et puis un livre de cantiques relié en velours avec une fermeture en argent; mais il ne lui fut plus possible de rien voir, car sur la plaque d'argent du livre de cantiques elle avait lu en lettres gravées en pointillé d'une fine écriture :

« Éli, fille de Baard Boën. »

La mère voulut qu'elle regardât, mais n'obtint aucune réponse, car les larmes maintenant roulaient, l'une après l'autre, tombaient sur l'étoffe de soie et se rejoignaient en un petit sillon...

La mère posa alors la boucle qu'elle tenait à la main, repoussa le chétron et, se retournant vers Éli, l'attira sur son cœur. Et la jeune fille pleura de chaudes larmes dans ses bras, et la mère pleura avec elle, sans que ni l'une ni l'autre ne dît une parole de plus.

.
. .

Quelques minutes plus tard, Éli sortit seule au jardin. La mère s'en fut à la cuisine; il lui fallait maintenant préparer quelques bonnes petites choses, car Arne ne tarderait pas à revenir. Ensuite elle vint voir Éli au jardin. Celle-ci était assise et écrivait sur le sable. Quand elle vit Margit venir, elle effaça vite ce qu'elle avait écrit, leva les yeux et sourit ; elle venait de pleurer.

— Il n'y a pas là de quoi pleurer, mon enfant! fit Margit en la caressant.

Elles aperçurent quelque chose de sombre, une silhouette, parmi les buissons aux abords du chemin. Alors Éli se glissa dans la maison et la mère la suivit.

Dans la salle on avait déjà dressé une table comme pour les grandes circonstances, avec de la viande fumée, de la bouillie à la crème, des tortillons de pâtisserie. Mais Éli ne regarda rien de tout cela. Elle s'assit sur une chaise basse dans le coin près de l'horloge, tout contre le mur, et prête à trembler si elle entendait seulement le chat faire un mouvement. La mère demeura auprès de la table.

Bientôt elles entendirent des pas fermes heurter les dalles de pierre, puis la porte s'ouvrit doucement et Arne entra. La première chose qui frappa son regard, ce fut Éli dans le coin à côté de l'horloge. Il lâcha la porte et resta immobile de surprise. Cela rendit Éli encore plus embarrassée; elle se leva, mais regretta immédiatement son geste et se retourna contre le mur.

— Es-tu ici! dit Arne tout bas; il devint rouge comme une pivoine lui-même à l'instant qu'il parla.

Elle leva une main et la mit devant ses yeux comme on peut le faire lorsque la lumière du soleil vous frappe au visage avec trop de force.

— Comment!...

Mais il n'acheva pas la phrase commencée, et fit un pas ou deux vers elle. Alors elle abaissa la main de nouveau, se tourna complètement vers lui, mais inclina la tête et éclata en larmes.

— Dieu te garde, Éli! dit-il; et il la prit dans ses bras. Elle s'appuya toute contre lui.

Il baissa aussi la tête et dit quelques mots très bas ; elle ne répondit pas, mais se suspendit à son cou de ses deux mains.

Ils demeurèrent longtemps ainsi... et l'on ne percevait aucun bruit troublant leur silence, excepté le fracas du torrent qui ne cessait pas de leur parvenir comme d'habitude. A la fin cependant quelques sanglots se firent entendre près de la table. Arne leva la tête et aperçut sa mère. Jusque-là il avait ignoré sa présence.

— Maintenant, je suis sûre que tu ne me quitteras pas, Arne, dit-elle en traversant la salle pour s'approcher de lui. Elle continua de pleurer, sans trêve, mais ses larmes lui faisaient du bien, dit-elle.

.
. .

Lorsqu'ils cheminaient ensemble, plus tard, dans la claire nuit d'été, ils ne pouvaient pas dire grand'chose au milieu de la joie exultante qui leur était née. Ils laissaient la nature faire son discours magnifique et lumineux dans la paix qui les accompagnait.

Ce fut au retour de cette première promenade d'une nuit d'été prometteuse d'amour, dans l'attente du soleil prochain, du jour qui allait tôt poindre, auréolant les cimes gardant son pays natal, qu'Arne fit la chanson qui exprima sa joie définitive :

Je croyais devenir aussi grand qu'on peut l'être
 Et je ne songeais qu'à partir.
 Devant l'ardeur de mon jeune désir
Tous les objets présents me semblaient disparaître.
Jeune fille, tes yeux m'ont souri, par bonheur.
Soudain la large route est devenue étroite.
Ah ! vraiment ! le seul but, la voie unique et droite
 C'est vivre près d'elle en la paix du cœur.

Je croyais devenir aussi grand qu'on peut l'être
 Et je ne songeais qu'à partir.
 La vive ardeur de mon jeune désir
Au séjour des esprits me poussait à paraître.
Mais elle, sans parler, m'apprit sur le chemin
Que le plus beau des dons que Dieu puisse nous faire
N'est certes pas d'être jugé grand sur la terre
 Mais de porter un cœur vraiment humain.

Je croyais devenir aussi grand qu'on peut l'être
 Et je ne songeais qu'à partir.
 Dans la maison je me sentais transir,
Parfois je me sentais suspect ainsi qu'un traître.

Mais dès que je la vis je reconnus l'amour.
Depuis, dans tous les yeux l'amour semble me rire.
C'était moi seul qu'on attendait, et j'ai vu luire
Ma nouvelle vie ainsi qu'un beau jour.

XV

C'était en automne, et les fermiers venaient de faire rentrer la moisson.

La journée était belle et, comme il avait plu au cours de la nuit et même dans la matinée, l'air était maintenant aussi doux qu'en plein été.

On n'était que samedi, mais il y avait néanmoins une foule de gens qui passaient en barques sur le Lac noir, dans la direction de l'église. Les hommes ramaient en bras de chemise ; les femmes étaient massées à la proue et à la poupe, et leurs foulards clairs enveloppant la tête paraissaient joyeux au soleil.

Beaucoup de barques aussi prenaient la direction du Boën d'abord, pour de là partir en grande troupe sur l'eau. Car ce jour était celui où Baard Boën faisait célébrer les noces de sa fille Éli avec Arne, fils de Nils Kampen.

Toutes les portes étaient ouvertes, les gens entraient et sortaient, des enfants se tenaient par groupes dans la cour. Ils avaient des morceaux de gâteaux dans leurs mains et, tout en se regardant mutuellement avec des airs timides, étrangers encore les uns aux autres, ils laissaient voir leur crainte de salir leurs vêtements de fête.

Une femme âgée était assise sur les marches de l'escalier extérieur, toute seule : c'était Margit Kampen. Elle portait un gros anneau d'argent dont la plaque formant chaton était couverte d'une multitude de petits anneaux. De temps à autre elle la regardait. C'était un cadeau que Nils lui avait fait le jour de leur mariage, et depuis lors elle ne l'avait jamais porté.

Dans les pièces principales circulaient le maître des cuisines et les deux jeunes garçons d'honneur, le fils du pasteur et le frère d'Éli. Ils offraient des boissons et versaient aux invités à mesure que ceux-ci arrivaient à la grande noce.

En haut, dans la chambre d'Éli, la femme du pasteur et Mathilde se tenaient aux côtés de la mariée. Mathilde était venue toute seule de la ville dans le seul but d'aider à la parure de la mariée, en exécution d'une promesse mutuelle qu'elles s'étaient faite dès leur plus jeune âge.

Arne, en habits de drap, veste ajustée, aux basques arrondies, et un col que sa fiancée avait cousu, se trouvait dans une salle d'en bas, devant la vitre sur laquelle Éli avait un jour tracé son nom. Il ouvrit la fenêtre et s'accouda à l'appui, regardant par-dessus l'eau calme dans la direction du presbytère et de l'église.

Dans le couloir, deux personnages se rencontrèrent, chacun venant de sa besogne, l'un du pontet sur la rive où il avait été occupé à apprêter les barques pour le départ à l'église. Il portait une veste de drap noir, mais des culottes de bure bleue qui déteignait ; ses mains en étaient toutes bleues. Le col blanc était seyant sous son visage clair et ses cheveux blonds et longs. Le front haut était empreint de calme, et aux coins de sa bouche errait un sourire. C'était Baard. Celle qu'il avait rencontrée venait de la cuisine. Elle était parée pour se rendre à l'église ; haute et droite, elle arrivait avec assurance par la porte et paraissait légèrement pressée. Lorsqu'elle rencontra Baard, elle s'arrêta et sa bouche esquissa un sourire. C'était Birgit, sa femme. Tous les deux avaient quelque chose à dire, mais cela fut exprimé par le seul fait qu'ils s'arrêtèrent. Baard était plus gêné qu'elle, et il souriait de plus en plus ; ce fut précisément son grand embarras qui sauva la situation. Sans réfléchir, il se mit à gravir les premières marches de l'escalier. « Peut-être que tu veux monter avec moi ? » dit-il. Et elle le suivit. A l'étage du grenier, ils se trouvèrent complètement seuls. Néanmoins Baard referma soigneusement la porte et ne se montra pas trop pressé. Quand enfin il se retourna, Birgit était déjà près de la fenêtre, en train de regarder au dehors.

Ce n'était que pour ne pas avoir à regarder près d'elle.

Baard sortit de sa poche un petit flacon et un petit gobelet d'argent. Il voulait offrir à trinquer à sa femme. Mais elle ne voulut pas accepter, bien qu'il assurât que c'était du vin envoyé du presbytère. Il en but donc tout seul et persista à lui en offrir à plusieurs reprises entre les gorgées. Puis, ayant rebouché le flacon, il le remit dans sa poche avec le gobelet d'argent et s'en fut s'asseoir sur une caisse.

Cela le faisait visiblement souffrir que sa femme n'eût pas voulu boire avec lui.

Il soupira d'abord une fois, lentement, puis une autre fois. Birgit s'appuyait d'une main contre le rebord de la fenêtre. Baard avait quelque chose à dire, mais le silence pesait de plus en plus.

— Birgit, dit-il enfin, tu penses sans doute à la même personne que moi, en ce jour.

Il entendit qu'elle se déplaçait d'un côté de la fenêtre à l'autre, s'appuyant à nouveau sur le rebord.

— Oh ! tu sais bien qui je veux dire... Il nous a longtemps tenus séparés, lui. Je croyais que cela durerait ainsi jusqu'à notre mariage... Cela a duré plus longtemps que cela.

Il l'entendit soupirer, il la vit de nouveau changer de position, mais sans apercevoir son visage.

Il avait lui-même fort à faire, à tel point qu'il lui fallut s'essuyer le front avec la manche de sa veste. Après un long combat avec lui-même, il reprit :

— Aujourd'hui, le fils de cet homme, brave et bien instruit, est entré chez nous et à lui nous avons donné notre fille unique.

Qu'est-ce que tu dirais, Birgit, si nous deux nous célébrions aussi notre union aujourd'hui ?

Sa voix tremblotait pendant qu'il prononçait ces paroles. Birgit, qui avait de nouveau changé de place, ne répondit rien, mais laissa sa tête retomber contre son bras. Baard attendit longtemps, mais aucune réponse ne vint, et lui-même n'avait plus autre chose à dire. Il leva les yeux et pâlit beaucoup ; elle ne détourna même pas le regard. Alors il se leva. Au même moment, on gratta doucement à la porte et une voix fine demanda :

« Viens-tu, à présent, mère ? »

C'était la voix d'Éli. Il y avait quelque chose dans cette voix qui força Baard à s'arrêter inconsciemment et à regarder vers Birgit. Birgit leva également les yeux, elle regarda vers la porte et aperçut alors la figure bouleversée et pâle de Baard.

« Viens-tu, à présent, mère ? » fut-il encore demandé de l'autre côté de la porte.

— Oui, maintenant je viens ! dit Birgit d'une voix brisée ; et d'un pas ferme elle traversa l'espace qui la séparait de Baard et lui donna la main. Elle fondit en larmes véhémentes au même instant.

Leurs deux mains se joignirent en une forte étreinte ; toutes les deux étaient usées à présent, mais elles se tenaient avec autant de force que si elles s'étaient cherchées en tâtonnant durant vingt années. Elles se tenaient encore lorsqu'ils s'approchèrent de la porte, et lorsque, un peu plus tard, toute la noce se dirigea vers le lac et qu'Arne tendit sa main à Éli pour marcher en tête du cortège, Baard, qui l'observait, prit aussi sa femme par la main, en rompant ainsi avec tous les usages. Tout souriant, il l'entraîna à ses côtés. En arrière d'eux marchait Margit Kampen, seule, comme c'était son habitude.

FIN

www.ingramcontent.com/pod-product-compliance
Lightning Source LLC
Chambersburg PA
CBHW060457260626
47161CB00005B/2143